U0055104

塵香了事

寄抒——著

Content
目次

楔子	5
（一）	7
（二）	15
（三）	20
（四）	28
（五）	37
（六）	50
（七）	64
（八）	78
（九）	87
（十）	100
（十一）	114
（十二）	127
（十三）	140
（十四）	160
（十五）	177
（十六）	196
（最後）	206
後記	220

楔子

「後面跟上！動作快！」一身穿軍裝的中年男子，嗓音沙啞的催促著，凌厲語氣迴響在百餘人的喘息聲與腳步聲之中。他所帶領的工兵連隊任務即將告一段落，雖然外頭早已入秋，但在這烏黑且窒悶的坑道裡行走卻也是汗流浹背，走過這一路他們花費多少年月挖掘而成的戰備通道，裡頭背負著他們身為軍人的使命與責任。在這一次的任務中，他們是完成這一項工程最後步驟的部隊……只是直到撤出這裡的最後一刻，身為連長的他才明白任務的實際內容是什麼，五味雜陳的心情伴隨著他額頭上的汗滴流落到眼睛裡，刺痛與酸澀的視線中模糊地讓他感到心安。

走了半個鐘頭仍然未見光亮，雖然距離預定的撤離時間還綽綽有餘，但在這樣的空間感下難免讓人開始急躁，而且一路上怎麼未見半個接頭的士官兵？

忽然間一聲轟然巨響從前方不遠處傳來，工兵連眾人都不禁伸手遮蔽起耳朵，躁動的耳膜讓所有人陷入一片慌亂之中，紛紛加快步伐，只盼著能趕快出去呼吸外頭清爽的空氣，早就無暇顧及發生什麼事情。沒多久濃厚的粉塵從前方席捲而來，工兵連連長命令部隊停下腳步，帶領著兩名幹部前往探查，沉重的心口如芒在背，當他走到通道盡頭時，眼前的景象使他腦海瞬間一片空白，發愣失神。

崩塌的洞口夾帶著血腥味，在手電筒燈光照射之下許多模糊的血塊散落四處，他身旁的兩名幹部趕緊對著手上的無線電呼叫，卻只有雜音回應。

「連長……連長……」

工兵連連長回過神來，看著兩名幹部無助的神情，他必須作出打算。在絕望之下，他命令部隊分批次挖掘洞口，然而才挖出不到三尺的距離卻又再度塌陷，來不及逃生的士兵盡皆遭到活埋。他再度下令部隊往洞口上方挖掘，若依照戰備路線圖的設計，上方也許有條生路。在幹部的帶領下挖掘繼續進行，他則是默默地往回走。

「對不起，我無顏面對你們……」沒想到在這當下他的懦弱顯露無遺，身為連長的他卻無法將事實說出口，卻還給連隊弟兄一絲希望，讓他們逐漸耗盡最後一滴體力後，面對最殘酷的結果。早在洞口崩塌的這當下，他就明白這是怎麼一回事了，他們工兵連盡忠職守到最後一刻，卻被冷血的拋棄在這裡，但他卻一點也沒為此而悲憤、傷心，畢竟這一切都是為了那一位「大人」，這麼做他是能理解的，只是身為連長的他卻辜負連隊裡百名的弟兄，希望下了黃泉之後能好好謝罪、希望因公殉職的美名能讓他們的家人生活不虞匱乏。

他找尋了一塊平坦處後坐下，在腦海裡的最後畫面是他已經數月不見的妻子與三歲的可愛兒子，伴隨著思念之情他拿起四五手槍，扣下板機。

（一）

三支香，一縷煙，佛祖祂雙眼直視前方，今日是誰將來？晨鐘響、暮鼓急，老住持撒手歸去。百般哭啼，卻是七歲的娃兒跌跤在地。娃兒的眼淚落下，佛祖正看著他，檀香味兒飄入了娃兒的鼻腔，馬上止住了他的眼淚，他起身走到供桌前翻開一本經書，唸了起來。

信徒無一不跪拜在地，大家都明瞭，這廟裡的新主人來了。

盛華俏，大家都稱他為華俏住持。當然才七歲的他，只想著從此以後是不是沒有玩具可以玩了。

盛華俏是一名孤兒，剛出生就被遺棄在尾牆村落東邊，一座坐東望西的保生大帝廟前。也就在那天，泉鹿山下的煉油廠區發生爆炸，山中的鳥蟲無一悲鳴，自從尾牆煉油廠興建之後，泉鹿山早已失去生氣，取而代之的是徐風吹過的油沫洗滌，山林的樣貌也早就染上一層黯淡灰影。

沒多久天空便烏雲密布，空氣中瀰漫刺鼻的油臭味，下起了充滿工業時代象徵的黑色淚水，有幾滴就這麼落在盛華俏的臉上，可能是當下太過於飢餓了，襁褓中的他便想伸出舌頭去舔舐，一時間都忘了哭啼。

「阿彌陀佛！保生大帝保佑！」一早才剛打開廟門的悔智和尚，在黑色細雨中瞧見廟前天公爐下的盛華俏正圓睜著清澈大眼看著他，嚇得他又把廟門關上，隨即轉身跪拜在供奉保生大帝的正殿前。

「老祖明鑑，今日半夜乍響，莫非是神跡顯現？」悔智和尚叩了三個響頭，又說：「門外香爐下的嬰孩死不瞑目、怨氣甚重，弟子懇請老祖聖法加持，渡此嬰孩一行。」悔智和尚再度叩了三個響頭，此時外頭傳來嬰兒的哭啼聲。

悔智和尚恍然大悟，連忙打開廟門將天公爐下的盛華俏抱進廟裡，放在供桌上仔細端詳，怎麼這嬰兒抱起來卻是沉甸甸的？

襁褓中的盛華俏脖子上掛著老舊的紅色布質香火袋，上頭略為褪色的毛筆字跡寫著「尾牆老祖廟東礁宮」，悔智和尚一瞧便認出這就是本廟的香火，接著他解開襁褓，盛華俏的背後居然壓著五疊千元大鈔，以及一小塊金鎖片，金鎖片一面刻著「平安健康」，另一面則是「盛華俏」三個字。

「盛華俏……」悔智和尚還來不及細想，早鐘已經響起，盛華俏的哭啼聲卻越來越盛，一時間讓他手足無措。此時住在老祖廟西側巷子口裡的王翠芳正準備拜早鐘，才剛踏出家門便覺得奇怪，哪來的嬰兒嚎啕聲？乍聽之下還以為是自己才剛出生十個月的女兒呢！

「哎喲！老和尚，你在做什麼啊？」王翠芳才剛踏進廟裡，就被眼前的景象給糊弄了，只見悔智和尚不停念著佛號，輕拍盛華俏的胸口試著安撫他，只是無濟於事，盛華俏哭得臉頰通紅，五官都擠在一塊了。

悔智和尚回頭看見王翠芳宛如得救般，滿頭大汗地說：「妳來得正好，快幫我看看這娃兒怎麼了？」

王翠芳湊前一看，驚訝說：「這、這孩子哪來的？」

「落在天公爐下的。」

「怎麼這樣？生了不養？」王翠芳心有戚戚地環抱起盛華俏，立即就知道是怎麼一回事了。

「餓啦！」王翠芳急急忙忙地走進正殿旁的會客室裡，解開哺乳衣左邊的開口，露出乳房正要餵食盛華俏，只是他兩隻小手揮呀揮，一點也不想喝奶，哭聲倒是漸歇。

此時磬聲響起，餘音繞樑，悔智和尚跪拜在保生大帝前一如既往地誦經，這是他的功課，不論發生什麼事情，也不能輕易間斷他數十年來每天早晨必做之事，何況在這一天，他更覺得意義非常，冥冥之中，他感受到了上天賜予給他的責任。

與保生大帝廟相隔不遠的尾牆煉油廠再度發出轟隆聲，廟堂的地板為之震動，尾牆煉油廠營運數十年來，就屬這一天讓整個尾牆村莊上上下下、不論老少最為印象深刻。這一天在煉油廠旁，泉鹿山半面的山體崩垮下來，煉油廠無數管線破裂失火，延燒了三天四夜，停工將近半年。

至於這一天的事發經過也引來了兩派說法，在煉油廠裡的人員一致都說，是因為泉鹿山山體的崩塌，才導致這場災禍的發生。

但是尾牆居民堅稱是煉油廠裡的火光先出現，引發的爆炸連帶震動才使得泉鹿山崩塌，在兩方的爭論之下最後當然是不了了之。

只是在那當下如果煉油廠任一個油槽爆炸的話，尾牆村自然也與之俱滅。神奇的是，尾牆村安然無恙地度過了這場災難。

尾牆居民感謝老祖保佑，這不是老祖的保佑還會是什麼？

只是沒有親臨現場的人們，覺得不過是運氣好罷了。

在尾牆村這個人口不到三千人的小村子，什麼事情都傳得特別快，煉油廠爆炸的這一天，老祖廟前有個嬰兒被遺棄在天公爐下大家都知道，若在平常村民早就爭相前後擠在廟裡，議論紛紛地看著這剛出生就孤苦無依的盛華俏，只是尾牆村民的怒氣早就無暇顧及這件事情了，他們決定用行動告訴所有人，他們要的不再是守護一位被遺棄的孩子，而是要去爭取生存權，不論現在或者是未來會誕生在這一片土地上的生命，在往後的十年、二十年，甚至百年，他們明白只有保護與他們一同生存的每一寸乾淨土地，才有未來可言。

於是在接近一九九零的這個年代，屬於尾牆村的環境抗爭運動開始醞釀著，爆炸後隔天，將近百台的消防車停在煉油廠周遭忙著救災滅火，接近中午火勢才獲得控制。村長李春花馬上奔進老祖廟的廣播室裡，喘沒有幾口氣，便按下了廣播器的開關。

「各位鄉親，各位姐弟父老大家好，火勢已經控制住，火勢已經控制住了，逃難的可以叫他們回來了，等一下十二點三十分要在老祖廟會議室裡召開臨時村民大會，大家出門記得要戴口罩。」

李春花年近不惑，身材精壯理著一顆平頭，是尾牆村有史以來最為年輕的村長，他如同大多數尾牆村民一樣出生農家，家裡擁有將近一甲的農地，五歲就開始下田幫忙，即便十七歲那年父母相繼因病去世……但多年來，他最無法忘懷的還是九年前的那一天，他把家裡的農地從頭到尾挖了一遍，土壤裡再也不是黃的，而是被石油浸透的黑色油亮，散發出一股刺鼻的油耗味。

那天他不發一語地將自家農地挖個徹底後，提著一打米酒回到家中喝著，爛醉到不省人事，半夜醒來便拿著已經用了幾十年的鋤頭，往尾牆煉油廠走了過去，靜謐的夜裡只有他的蹣跚腳步聲與呼吸聲，在這當下他再也沒有什麼選擇，農地是他們家的根，農作物是他的命，如今的他什麼也沒了，那就跟這個黑油機構同歸於盡吧！

半夜三點，尾牆煉油廠大門燈火通明，李春花遠遠瞧見便放慢了腳步，原來他已經不是第一個也不是最後一位的到來。

「花仔！你是跑去哪了？發生那麼大的事情找你半天不見蹤影！」與李春花農地相鄰的鄭富吉綁著白頭巾，上頭寫著「還我農地」四個黑字，手上拿著老祖廟的宋江陣武器之一雙斧，雙眼通紅地叼著老牌香菸。

「怎麼大家都在這？」

「你在講廢話嗎？今天煉油廠漏油毀掉我們的地，不用討公道？」鄭富吉指著李春花的鋤頭又說：「你怎麼帶鋤頭來？你的齊眉棒呢？」

「我沒想到就跑出來了。」

「趕快回去拿，今天我們尾牆宋江陣要打頭陣跟他們討個公道！」

跑回家的路上，李春花一路痛哭，他怨嘆自己的沒路用，剛才到底在想什麼？

在尾牆煉油廠大門口連續睡上一個禮拜，受害的村民最後選擇用和平的交涉而落幕，政府出資購買他們受汙染的土地，並且給上一筆補助金了事，大家當然還是不滿意，但是又能怎麼辦？

沒了農地的尾牆村民，不是搬離尾牆村便是再尋地耕種，還有一部分的人選擇進煉油廠工作。李春花在這抗議的七天裡初識白慈蘭，她每天都會送來麵包和果汁給大夥兒果腹，但也只是維持著點頭之交的關係，直到李春花決定改行從事西服業，走進尾牆村裡唯一的西服店裡當起學徒，才與恰巧是店員的白慈蘭更進一步的認識。

三年的學徒生涯，李春花省吃儉用，當年從政府那裡拿到的補助款他分毫未取，他等待的就是有所成的這一天。

這一天他離開西服店前，在門口猶豫一下，這件事情他已經想了好些日子，他知道再不說也許就沒什麼機會了。

「阿蘭，我要離開了，妳……要不要跟著我？」李春花笨拙的語調吐露出一股堅定，他看著外表柔弱的白慈蘭，共事的這些日子以來，她的通情達理與賢淑令他傾心，更難得的是她一視同仁的看待，讓他在人生轉折的路途中不那麼氣餒。

站在櫃台的白慈蘭愣在那，還沒會意過來。

「嗯？」李春花睜著眼睛，內心撲通跳著，等待著白慈蘭的答覆。

「如果你不棄嫌的話……」

「棄嫌？怎麼會！已經三十一的我能夠娶到妳是我的幸運。」

「啊？」白慈蘭啞然失笑地說：「你是這個意思？」

「不然呢？」

「沒、沒事。」

「一個月後我會在頭振市區裡開一間我的西服店，妳願意的話就來吧。」

這一晚，李春花跟白慈蘭都雙雙失眠了，李春花懊惱今日是不是太過莽撞衝動，白慈蘭則是欣喜卻又擔憂，因為他從來沒跟李春花講過她的父親可是現今議會的議長。

但是這一些早就不是問題了，直到盛華俏的出生。

才剛上任村長未滿一個月就遇上這種事，簡直是點燃李春花當年那股滿腔憤慨和怒火，只是這一次又晚了一步，到他現在這個年紀，事業也趨於穩定，剩下最大的心願就是讓煉油廠消失在這一片他土生土長的土地上，這也是他為什麼決定要參選村長，這也是為什麼尾牆村民讓他高票當選，他相信所有尾牆人都看見他的決心，因為尾牆人受夠了！然而，這次又晚了一步，無法挽回的損害已經鑄成。

一會兒，老祖廟會議室人聲鼎沸，裡裡外外擠滿了人，進不來的人紛紛從窗戶探頭進來。李春花測試了麥克風音量後，他直截了當地說：「我們要抗爭！」

人多吵雜的會議室霎時間安靜許多，所有人都將目光轉移到李春花身上。

一陣嬰兒的哭聲劃破短暫的沉默，站在門口的王翠芳趕緊將盛華俏抱去給在禪房休憩的悔智和尚，又回到會議室外。

「要抗爭可以，我們只能贏不能輸！」在菜市場裡賣滷味的跛腳榮王豐榮從圍裙裡掏出一塊抹布，擦拭著他油亮的雙手，又說：「但是又有多少人願意站出來？現今在我們尾牆村裡有多少人在靠煉油廠吃穿？」

大兒子在煉油廠工作，已經賣了半輩子麻花卷的麻花婆林素珠反駁說：「話不能這麼說，咱們求的不過是一份安穩，但也不能被軟土深掘！」

「就算要抗爭，沒資金我們要怎麼做？」鄭富吉說。

擔任老祖廟的主委張清龍雖然身形清瘦，但講起話卻是宏亮：「只要老祖允許，管理委員會可以出一份力！」

「等一下！難道大家不覺得該跟煉油廠的高層談談嗎？」在窗外傳來的這句話，引起在場尾牆村民喧然與躁動，經歷過煉油廠在尾牆村從無到有的人都知道，這等於是作繭自縛，不然怎麼會落得今天這步田地？

只是贊成先用平和的方式交涉的村民為數也不少，眼看雙方的爭論愈趨激烈，李春花這時下了決定。

「既然大家無法做個定奪，乾脆讓老祖來決定吧！」李春花環顧全場：「沒有意見的話，我們就請示老祖。」

在會議室的所有人沒有異議，並隨著李春花移動到正殿，也去禪房請悔智和尚出來做個見證，李春花手持著筊杯至香爐上行了三圈，隨即跪在深紅色的拜椅上。

「老祖在上，弟子是尾牆村村長李春花，今日煉油廠發生爆炸，尾牆村民是不是應該站出來抗爭？為了我們的未來、後代子孫的生存，表達我們的訴求？如果是，請賜予聖杯。」

擲杯落地，一陽一陰，李春花接連三問都擲出聖杯。

看來保生大帝也是支持尾牆村民出來捍衛自己的土地，但有人嚷嚷著再繼續擲杯，李春花就這麼連續擲出七個聖杯，第八次落下了兩面都陽面朝上的笑杯，彷彿老祖正在笑著說：「這樣夠了吧！」

尾牆人的抗爭，像一場棒球賽的開局首轟，直飛上外野的高飛打擊，全台灣的人都看著這顆球落下何處、產生怎樣的結果，只是在高空的球飛得有點久，除了擊出的剎那轟動後，便是長時間的肅穆等待，三年一下子就過去了……

（二）

三歲的盛華俏一張胖嘟嘟圓臉長得稚嫩，今天正在禪房裡玩鬧，若是旁人看來，他正拿著毛筆憑空胡亂揮舞著，煞是可愛。但如果悔智和尚瞧見，可又會犯頭疼了，殊不知盛華俏手上拿的是悔智和尚最珍貴的黃花梨木毛筆，更麻煩的是上頭已經沾滿一股穢氣，這才是讓悔智和尚傷透腦筋的地方。不知從何開始，每當盛華俏碰過一段時間的物品，總是會多了這股穢氣，但是在他的身上卻絲毫沒有任何跡象，這穢氣到底從何而來？

盛華俏當然什麼也不知道，在他眼中不過是有一隻棒球大小的巢鼠坐在他的面前，用前肢夾著一顆比他身形還大的木棉果實磨著牙，又或是一隻灰白倉鴞停靠在禪房的窗櫺外，虎視眈眈地盯著巢鼠，偶爾會振翅穿越窗櫺停靠在悔智和尚的書桌上休憩──在盛華俏眼中的世界似乎早已跟別人不太一樣。

「華俏！華俏！」禪房外傳來悔智和尚的叫喊聲，巢鼠與倉鴞便轉身離去，一溜煙地不見蹤影。

盛華俏玩得正興致，他拿著毛筆擊碎巢鼠留下的木棉果實，棉絮隨著果實隙縫中飄出，彷彿掙脫束縛已久的枷鎖，有了生命似的在禪房裡到處飛舞。悔智和尚循著嘻笑聲來到禪房門口已經太遲了，整間禪房瀰漫一股讓他感到反胃的氣息，他隨即抱起盛華俏離開禪房。

陽光灑落廟宇中庭，座落在中庭西南角的百年樟樹開枝散葉，隨著微風輕輕搖擺。在三歲的盛華俏眼裡，地上的樟樹影子最為吸引人了，在這些光與影之中，他總是會出神地看著，彷彿看見曾經熟悉的過去一般。

悔智和尚將盛華俏抱來這老祖廟陽光最為充足的地方，讓陽光除掉彼此身上的一股穢氣，他不等盛華俏注意力轉移到地上的光影，便問：「剛剛你在幹嘛呢？」

盛華俏嘟著嘴，心裡不滿悔智和尚打斷了他的樂趣，但仍照實回答：「戳球球。」

悔智和尚皺著眉頭接過盛華俏手上的黃花梨木筆，心想這著實該好好開導教育一下這孩子，只是今天日子特別，只能姑且這樣，日後再好好訓責一番。

「師父跟你說，今天大家都會很繁忙，所以你要到瑞姨那兒乖乖待著，知道嗎？」

盛華俏不發一語地點點頭，在他的心裡其實已經納悶一陣子，為什麼他只有師父，沒有爸爸媽媽呢？

看著悔智和尚離去的背影，盛華俏在上一秒的困惑早已不見蹤影，因為他今天不用練習寫字，還有背誦那會讓他咬到舌頭的經文了，盛華俏雀躍地拍手歡呼，他看著早已佇立在廟簷上的倉鴞，心神領會地跑回禪房，從置物櫃裡拿出一包巧克力玲瓏果，走出廟宇右側的月門，往泉鹿山的方向而去。

正值而立的王瑞芳是王翠芳的親妹妹，自從盛華俏剛滿周歲時，王翠芳不敵突如其來的肝癌而病逝，便一肩扛起養育盛華俏與王翠芳女兒王家寧的重擔，她把喪失親情之痛轉化成一股堅強轉嫁在他們身上，也視如己出，只希望不辜負王翠芳所託，好好拉拔他們長大。

對於孑然一身的王瑞芳這是一段艱辛的過程，任何大小事皆從跌跌撞撞的學習開始，到現在的得心應手，不知不覺也已經過了兩年。也許是她容貌清秀，個性好相處，即便她要撫養兩個孩子，仍有人想要做個媒人讓她許配個好對象，但她都一一謝絕了。

畢竟她是親眼看見自己的親姊姊如何為了愛情犧牲未來、為了孩子喪失尊嚴，甚至到最後也把自己都賠上了。結果她深愛的那個男人到最後都不願意出現，就此消聲匿跡，毫無擔當地留下無辜的孩子。

她打從內心懼怕會走上跟王翠芳一樣的路。

令王瑞芳寬慰的是，王家寧的乖巧聰慧與王翠芳就像同個模子刻出來的；盛華俏卻總是讓她放不下心來。

「媽咪，阿俏還沒來耶。」坐在門口看圖畫書的王家寧說。

王瑞芳揉一揉太陽穴，心神煩亂地說：「又是溜去哪玩了？這孩子真的皮，今天這日子還不安分點，也不知道老和尚有沒有叮嚀……」

「我去找找看好不好？」

「不行！」王瑞芳嚴肅地說：「妳乖乖待在家。」王瑞芳心想今天外頭不知道會發生什麼事，萬一那些警察打起人來那可都是不長眼的，如果王家寧有什麼三長兩短她可承受不起。

「那阿俏怎麼辦？」

王瑞芳起身拿著斗笠說：「我先去廟裡看看吧，妳不可以亂跑。」

「好！」

這是尾牆村抗爭三年來最重要的日子，跟政府交手的這些時日以來，首度獲得了一絲進展，這是尾牆村民用汗水與血水所換來的——在他們的無所畏懼之下，歷經多次大大小小的衝突場面，每位村民早就練就一身跟他們口中的「賊頭」正面交鋒的本領。為首的當然是李春花的宋江陣，他們用藤牌短刀、丈二棍等等兵器對抗警察手中的棍棒與盾牌。

在尾牆村民的抗爭下，尾牆煉油廠也數次停工與復工。政府也許意識到村民的韌性與堅持是無法用壓制、安撫的一貫手段處理，也多虧於多媒體的發展，讓更多遠在他方的人關注這件事情，使得備感輿論壓力的中央政府終於出面首肯，再度暫停煉油廠運作，讓雙方坐下來溝通協調。

得知中央政府終於願意來處理時，每一位尾牆村民都在內心苦笑，雖然是個好消息，但他們都知道事情不會那麼簡單的。

果然在第一場的公聽會上，尾牆村民的怒火再度被點燃起來。

「我們尾牆人當初就沒有答應擴建煉油廠這件事，你這個官員怎麼滿嘴謊話？」當地的耆老不禁拍桌怒斥。

與會的經濟部長沒想到公聽會來了比預期還多的人，將這個臨時設立的會場擠得水洩不通，即便在每一雙眼睛充滿敵意的視線下備感壓迫，但他在官場歷練十數年，處變不驚地使了眼色，一名長相斯文的中油高層馬上站起來，看著手上的擬稿說：「關於煉油廠擴建的民意調查，在一九六五年的民調，支持興建者占六十三點八……」

尾牆村民譁然，紛紛破口大罵，現場一度陷入混亂。

這時李春花舉起手對著麥克風說：「大家冷靜一下。」聲量降低後，李春花說：「你們政府不要來這套欺負我們單純的百姓，這位中油高層拿著一張白紙照唸，就能解決問題嗎？」

「我們當然願意理性解決，當然是在這樣的前提下。」中油高層說。

「我們的前提也很簡單，只有兩個字『誠意』而已。」這位中油高層似乎還想說什麼，李春花馬上打斷他：「當然要我們拿性命來繼續消磨也沒問題。」

現場靜默一會兒後，經濟部長清了喉嚨，微笑說：「今天我們來本來就是要解決問題，我對剛才的不禮貌先道個歉。」他起身鞠躬後又說：「老實講，我們也有為難之處，畢竟現在新聞鬧那麼大，在上頭的人只覺得有人在背後操弄作怪……當然，今天我來到這裡自然是要親身明白這件事情的根本問題，只是就像剛才的那一份民調一樣，我們要去處理協調也要拿得出東西啊！」

現場的大多村民都聽得不得頭緒，政治對他們來講都太複雜了。

「我身為尾牆村長，坦然跟你說，你現在走在尾牆巷子裡，問十個有十個反對煉油廠繼續運作。」

經濟部長點頭說：「我知道、我知道。」接著又說：「所以我在這裡是想提議，在我們尾牆辦一場投票，這樣不就公開又公平嗎？」

村民紛紛看向李春花。

李春花沉思一會兒後說：「好，但是我有兩個條件，第一，兩個禮拜內辦完這場投票。第二，在三個禮拜內我們要獲得答覆。」

經濟部長面有難色，李春花又說：「這是給我們的保障，你們政府太會拖延了。」

「那就這麼決定，第三個禮拜我們再舉行一場會議。」

尾牆村民看見了一絲希望。

（三）

王瑞芳來到了老祖廟東礁宮，廟裡已經搭設成臨時投票所，走過中庭踏過戶定後便可以在服務處拿取投票單，接著至會議室裡進行投票。

投票的時間還沒來到，廟裡已經有不少人在等候，王瑞芳瞧見在供桌旁的悔智和尚正在燒化疏文，便走了過去。

王瑞芳等待悔智和尚將一份疏文燒化完後問說：「老和尚，盛華俏還在廟裡嗎？」

悔智和尚困惑地說：「他應該去妳那兒了，沒有嗎？」

「沒呀！」

悔智和尚面露驚慌：「哎呀！那他跑去哪了？」

「不要緊，我來去找找。」

「這孩子乖巧，不會跑遠的。」

悔智和尚不明白的是盛華俏的乖巧只在他的面前表現，王瑞芳沒有多說便離開老祖廟尋找盛華俏的下落，在尾牆這不大的地方，她在距離老祖廟不遠的菜市場隨口問了幾個人，便知道盛華俏往泉鹿山的方向跑去了。

王瑞芳納悶著盛華俏隻身一人跑去那兒做什麼？她一路走至泉鹿山下的煉油廠大門前，

都不見盛華俏的蹤影，心想難不成還跑上山了？

但是通往山上的路早就在煉油廠擴建時隨之封閉，整座朝著尾牆的山頭都被煉油廠區給圍繞，加上三年前山體的崩塌，若真的要上山，只能繞道從泉鹿山背面的山路而走，那可是要走個三里的路程才能到，再且若沒有熟路之人帶領，也是走不上山的。

王瑞芳還記得自己小時候也時不時上山採筍，泉鹿山上的竹筍在那時候可是遠近馳名，也讓他們在農閒時刻多了一份收入，當然現在自然是什麼都沒了，她眼看著已經逐漸升起的日頭，嘆了口氣，心想再找不到乾脆請李村長廣播好了。

泉鹿山上半山腰深處，即使是第一次來，盛華俏卻像是熟門熟路的在樹叢裡穿梭，在倉鴞的引導下，他們來到一座水質清澈的池子旁，這座水池大約半個籃球場大，是由不規則狀的鵝卵石圍繞，再加以水泥封邊建造而成，只是年代久遠失修，池水早已溢出四處流淌。在池子周圍有五顆渾然天成的大石聳立著，上頭都佈滿青苔和水漬，盛華俏小心翼翼地踩過水窪前進，在中間為首的大石旁停下，石頭上的巢鼠已經等候多時，活蹦亂跳地表達祂的喜悅。

盛華俏下意識摸了身旁的大石頭，黏滑的觸感加上空氣中的刺鼻油味讓他不禁吐了舌頭，厭惡地說：「好噁心喔！」這時他才仔細看了四周景象，明明是白天卻陰暗不已，在參天大樹的包圍下陽光被茂密的樹葉隔絕，僅存的一絲光亮透徹而下就這麼灑落在大石上，陽光的線條讓他看得著迷，但他可一點也不想爬上大石。

就在盛華俏正想打開玲瓏果與他的「好朋友」們分享時，巢鼠與倉鴞相繼化作一道黃色光芒，直射水池中央。

對於巢鼠與倉鴞倏然消失不見，盛華俏早已司空見慣，但化成光芒的模樣倒是前所未見，他正覺得驚奇時，一陣帶著花香的清爽涼風拂面吹過，一掃空氣中塵封已久的陰鬱，隨後在盛華俏的背後傳來簌簌聲響，他轉身一看，卻被突如其來的強光刺激而閉起眼睛，強勁的光芒來自於一團青色火焰，火焰有規律的搖擺著，直到盛華俏的視線逐漸清晰後，才發現眼前是一隻龍首巨獸，這隻巨獸似乎刻意控制了祂尾巴上的青焰，好讓盛華俏能看清楚祂的模樣。

體型大如牛的巨獸雙眼閃爍著黃色光芒，踩在地上的四肢泛出白色漣漪，全身有著黝黑透亮的皮毛，頭上長著一根晶瑩透亮的漩渦輪廓獨角，尖銳且散發光彩，美得讓人目不轉睛。

巨獸與盛華俏互相直視著，祂發出一聲悲鳴，垂頭往盛華俏而來，但強大的壓力卻逼迫盛華俏往後退怯，巨獸接著縱身一躍，盛華俏眼前頓時陷入一片黑暗。

這是一段遙遠且漫長的記憶——在這裡誰也不是誰，周遭千變萬化快速的轉動，時間的單位顯得渺小，青草、陽光、大地，叢林、雲霧、山巒，訴說著愜意與曾經悠然時光，彷彿經過許久，隨後轉入一個紛爭的世界，在那裡充滿了爭奪，最為無辜的人類用生命與血肉捍衛屬於那當下的真諦，曾經參與其中而看見無數在刀光劍影下的悲歡離合，在歷史的扉頁一遍又一遍的上演，一股疲憊的淡漠帶著畫面抽離，多少年月的沉寂與漂泊，在沒有人在意的年代裡，周圍多了好幾位難得的朋友，是在過去的時間軸上互相錯過，如今卻聚首在此，守護這一塊能使祂們懷念與熟悉的山林……

「盛華俏！盛華俏！」

盛華俏聽見王瑞芳的聲音便想要趕緊躲起來，若是讓王瑞芳發現了他，可得挨罵的。

此時畫面轉入一群上山採筍的農家，嘴上吆喝著不知名的山歌，歡慶這片土地帶給他們的豐果——他們尊敬這片土地。看著他們腳踏實地的生活，一聲長嘯劃破山林，是對他們的肯定與讚賞，雖然那些純樸人們聽不到，反而是身旁朋友們捂起耳朵四處逃竄，經過千百年的這一場玩鬧，是多麼的美好。

但是緊接著急轉直下的結局，最終也面臨無處可去的地步。說起來也荒唐可笑，祂們可謂為傳說的存在，曾經與神並肩作戰過，也和仙共度修行過，在這最後的當下，如同在嘲笑祂們曾經愚昧的決定，與這座山林步入了最後的結果。

撕心裂肺地哀傷久久無法散去，盛華俏在黑暗中，漸漸地失去意識。

今天在禪房的寢室裡頭來了一位新面孔客人，蜘蛛猴的長尾巴勾著天花板上的燈管，在盛華俏正上方左右搖晃著，咧嘴逗引他，但是經歷幾天前所發生的事，盛華俏一點勁兒也沒有。悔智和尚當作他受到驚嚇，早先幫他燒化符籙收驚。當王瑞芳發現他倒臥在泉鹿山的山路上，當下便急忙抱著盛華俏一路奔回尾牆的衛生所，給村子裡唯一的醫生查看，焦急得都忘了要去投票，所幸並無大礙，只是過度疲憊而產生的虛脫。

「阿俏！」熟稔的語調讓盛華俏有了一點反應，他轉頭看著門口，王家寧一雙水汪汪的大眼看著他，盛華俏霎時間一股氣地鬆懈，眼淚不停落下來。

王家寧嚇了一跳，但仍然走上前問：「你哪裡不舒服？」

盛華俏搖搖頭：「很奇怪的夢。」

「什麼夢？」

「忘記了……」

「喔……」王家寧忽然覺得盛華俏變了，就像那些大人之間的眼神一樣，帶著深意。

悔智和尚正在會客室裡與村長李春花和一干眾人商討，對於前天的開票結果不出他們所料，雖然投票率只有六成五，但反對煉油廠者卻高達九成，他們將這樣的結果傳遞給政府人員，就看他們在期限內給出怎樣的回覆了。

只是李春花一點也高興不起來：「事情肯定沒那麼簡單，以這幾年跟政府交手的經驗，可能又是以拖應變。」

「但是這次那一位經濟部長看起來變有誠意的。」老祖廟的主委張清龍說。

「他話是這麼說，會不會有變數還是不知道。」李春花又說：「師父，這件事情是不是該請示一下老祖？」

悔智和尚搖搖頭：「事在人為。老祖給我們示意的已經很明確，只能冀望老祖能夠保佑我們一切順利。」

「我想到就氣。」現今已經是老祖廟總幹事的跛腳榮王豐榮說：「為什麼已經三年了，我們連一個結果都還沒有？我跑去老祖面前問祂，卻都只給我笑杯？」

「神明事與人間事也是有個區別，我們平凡人看不懂的啦！」張清龍說。

李春花說：「就算這樣，我也要讓老祖知道我們的決心！」

當李春花走出會客室，他取了三支香點燃，來到正殿前參拜，祈求能有個好結果。

只是李春花心裡還掛懷著另一件事，那就是白瓷蘭每況愈下的身軀，自小便體弱多病的白瓷蘭自從前一陣子流產之後，這些日子來在心力交瘁下時常臥病在床，而李春花由於繁忙的事務，深怕無暇顧及，於是讓白瓷蘭長住娘家，自己一有空餘時間便回去。

李春花心想，當初就是自己不夠周全……自從接下村長一職後，李春花便將西服店的生意交給白瓷蘭打理，才會落下這無法挽回的地步，雖然白瓷蘭並未就此多說什麼，但他自己明白這輩子更是愧對於她。

但讓李春花更加心思繁亂的原因，便是白瓷蘭的父親白義禮。白義禮的政治經歷豐富，在當今的議會已經連續擔任第九年的議長，知情的人都明瞭白義禮是現今政壇裡叱吒風雲的大老，他在背後掌握著這國家的政治命脈，許多生殺大權與政治決策他都參與其中，當然還有更多見不得光的事情，這也是讓李春花一度懷疑的地方，尤其在最近白義禮頻繁的動作裡更讓他深信不疑。

但是李春花從來沒有問過，尾牆煉油廠的背後操動者是不是也有他？

這也是李春花當初迎娶白瓷蘭時所預料不及的狀況。李春花曾經一度想請求白義禮出手幫忙，但總是在白義禮的推託與避嫌為由下不了了之，直到尾牆村民的抗爭驚動了中央政府後，在某一天的飯後之餘，他們對坐而談。

一頭白髮的白義禮炯炯有神地泡茶，每一個動作不疾不徐中又帶著細膩與不馬虎，在他純金尾戒與陶器的碰撞聲中，他替李春花倒上一杯熱茶。

「這梨山春茶，品嘗看看。」

「謝謝爸。」李春花嘗了一口，雖然他對茶葉並沒多做研究，只覺得甘甜潤喉，甚是好喝。

「喜歡待會就帶一點回去吧。」

李春花不好意思地笑說：「不用了，我自己並不常泡茶。」

「我倒是忘了。」白義禮點點頭。他將茶壺裡的剩餘茶水倒盡後再度加入滾燙熱水。

「瓷蘭的事情，多謝爸的幫忙。」

白義禮揮手示意不用多說。他將瓦斯轉小火，接著點起一根長壽牌香菸。

「阿蘭還沒嫁給你之前，我只希望我這唯一的女兒能找個平凡的好歸宿，好好過她的人生，所以當初第一次見過你後，我很放心。」

「對不起……是我疏忽了瓷蘭的身體狀況。」

「你沒必要道歉，我知道你心裡內疚，但是這件事情沒必要講是非過錯。」白義禮又說：「你要記得，不管你在外面遇到什麼樣的事，你的牽手都在背後等著你，不要辜負她。」

李春花點頭表示了解，他寧願相信自己意會的只是一位父親對女兒的關愛。

悔智和尚是老祖廟裡唯一的實際管理者，除了每天的拜早鐘開廟門，相對的在晚上九點鐘也會準時關上廟門，接著巡視裡裡外外的燈火之後才會休息。老邁的他走起路來已略顯蹣跚，多虧有盛華俏的幫忙，才讓他免得總是爬上爬下的。

時隔好幾天，這天晚上盛華俏終於下床幫忙悔智和尚巡視廟裡內外，他拿著手電筒走在後殿大雄寶殿三樓的廊道上。自從他在泉鹿山上昏倒後，至今再也沒見過巢鼠與倉鴞出現，盛華俏在內心深處彷彿知道為什麼，隨著那股哀傷徘徊心裡，顯得的是他對於離別的束手無策。

盛華俏在三樓走了一圈後，在原本灰暗的廊道上，一道黃色亮光從外灑落，破空的呼嘯聲響起，他往外頭天空看去，煉油廠的燃燒塔又運作了！

一股莫名的怒火從盛華佾內心油然而生，他反常地發出低沉怒吼，接著奔跑下樓，再沿著穿堂來到正殿大門前，他粗暴的推開一邊廟門，門外一陣狂風吹起，發出颼颼聲響，老祖廟外頭所見之處黑壓壓一片，無數山精妖怪壟罩四面八方，彷彿已經等候多時，在最前面為首的，是盛華佾這幾天才見過的蜘蛛猴。

「獬豸，你該放下了。」蜘蛛猴說。

（四）

李春花半夜驚醒，這已經是他這幾年來習慣性的反射動作。煉油廠內的燃燒塔運作聲，成為觸動他神經裡最敏感的聽覺警鐘，也是嚴重干擾他睡眠的因素，於是不分春夏秋冬他總是會在就寢前關閉門窗後才入睡。

然而他趁著這難得的寧靜享受他在尾牆最理想、盼望的夜晚，如夢一場的在這半夜時刻清醒。

沒多久電話鈴聲響個不停，李春花才剛下床盥漱，門外頭已經傳來呼喚聲與敲門聲。

李春花隨意拿件衣物往臉上一抹，快步走至門前打開門，門外一位濃眉厚唇的彪形大漢赤裸上身，手上拿著宋江陣頭旗，他劈頭便問：「怎麼復工了？」

「我不清楚，你準備帶大夥兒往煉油廠大門那兒去。」江義傑點頭說：「等你來。」接著便快跑離去，頭旗在他臂膀上顯得急切地飄蕩著。

在這絲毫沒有頭緒的情況下，李春花打出一通電話，另一頭傳來迷糊的聲音：「春花？三更半夜怎麼打了電話？」

「慈蘭，爸現在在家嗎？」

「他不在家還能去哪？」

「妳幫我探一下。」

白慈蘭下床走出房門外，白義禮的房間透出光亮，卻沒有他的人影。她正納悶時，樓下傳來細碎交談聲，是白義禮的聲音。

「阿蘭？妳怎麼醒來了？」白義禮意外地看著步下樓的白慈蘭，視線轉向她靠在耳邊的電話。

客廳內坐滿地方官員還有來自中央的政務官，白慈蘭認出經濟部長也在內。

「那麼多人在做什麼？」

「臨時開個會而已，吵到妳了嗎？」

「沒有。」

「電話是春花打來的？」

「嗯。」

「給我吧。」

白義禮接過電話後，便吩咐管家將白慈蘭帶回樓上，白慈蘭感到不安地看著白義禮，在她眼裡李春花與白義禮一直以來相處融洽，亦父亦友，但今晚的氣氛異常不對勁。

「阿蘭，沒事的。」白義禮看得出白慈蘭的擔憂，他笑著說：「一點公事而已。」

白慈蘭點點頭，轉身回到樓上。

「爸。」李春花說。

「現在跟你講話的是議長。」

「一定要這麼做？你知道這代表什麼意思嗎？」

「我知道，政府也在急迫，不能再拖下去了。」

「再給我們一個禮拜談出結果也不行嗎？」

白義禮苦笑說：「春花啊！難道你還不懂嗎？就算談出結果又如何？」

「……」

「聽我說，站在你岳父的角色上我恨不得也幫你，但是身為一位議長，如果我這麼做會動搖這個國家的根本，那問題是你無法想像的。」

「我知道了，你也知道我會怎麼做。」

「春花，還記得我對講過的話嗎？」

「我當然記得。」

「你還是執意要這麼做？」

「爸，希望你能幫我傳句話，我們這些世世代代都在這一片土地上討生活的人民，才是這個國家的根本。」李春花講完便掛掉電話，他走到神明桌旁拿起齊眉棒，頭也不回的往門外走去。

就像那一晚，被油水浸透田地的那一晚，他沒有退路的往前走著。

燃燒塔火光照映下的尾牆村，今夜是不安寧的，政府早在煉油廠大門前嚴陣以待，三百名武裝警察手持棍棒與盾牌一字排開，他們秉持身為警察的原則與宗旨，並且服從於上級命令，即便已經超過二十四小時未闔眼，但每個人的眼神仍然精神奕奕地佇立在這六月的夜晚涼風中。不論他們都來自哪裡，今晚也是他們為國家效力的時刻。

當然經驗較為老到的，內心早就焦躁不安。對於被合法的授予施加暴力，在他們內心是一股自然而然的責任與徬徨，這不是一件我不想這麼做就能甩手了事的事情，過去在這大門前發生的種種，讓他們內心期盼著事情別往最糟糕的地步走，在陷入理性的濁流中，是非對錯都會變得一塌糊塗。

但是享受權利加諸於身的另一群人，只想把這份公權力施展得淋漓盡致，好讓普羅大眾知道，他們的威嚴與不可侵犯的神聖性。

尾牆村民的動作很快，抗爭三年以來的磨練，他們也練就出一身應對的本事，尤其是尾牆宋江陣眾人，大多是農稼出生，雖然難免都帶著一點質樸的性格，但他們的剽悍也是不容忽視的。

在壁壘分明的煉油廠大門前，尾牆宋江陣已經集結，加上陸陸續續趕來的尾牆村民，已經有百餘人。

為首的李春花拿著大聲公，他對著煉油廠大門的方向喊著：「有沒有主事者出來對話？」

三百名武裝警察一片死寂。

「警察官呢？帶頭的警察官出來一下好嗎？」

等待片刻，沒有任何人出來回應，這樣強硬的態度，李春花明白這是最嚴苛的處境。他看著對面武裝警察裡有不少熟悉面孔，都是過往在抗爭裡進而熟識的，現在卻要面對這一觸即發的衝突。

「李村長！李村長！」一陣急促的腳步聲伴隨著呼喊，是自從尾牆抗爭以來便參與至今的公民記者紀正岡，他身材清瘦並且綁著馬尾、戴著一副圓框眼鏡，在這年代裡是個顯眼的存在，他手提著攝影器材奔跑而來。

「紀先生！不好意思這麼晚還通知你來。」

「別這麼說，記者這工作可是不分日夜的。」紀正岡看了現場狀況後說：「現在該怎麼辦？」

李春花搖頭苦笑：「這次依我的經驗看來是沒有轉圜的餘地了。目前能做的就是阻擋大門，讓包含油罐車在內的任何車輛都不得出入。」

「只這麼做的話，恐怕力道稍弱，沒有效果。」

「所以就要麻煩你了，你有參加到這次調解會的過程，我想請你將現在煉油廠強硬開工的事實公諸大眾，越快越好！」

「這沒問題，那我現在就先去拍攝一些素材。」

「好，但是要注意一下安全，目前狀況很不明。」李春花想到與白義禮的通話，內心不禁多了一份沉重。

「我知道了。」紀正岡從背包裡拿出一枚繡著「攝影記者」的臂章，笑著說：「別上這個應該沒什麼問題。」

漫長的夜晚中，尾牆村裡家家戶戶燈火通明，在這種時刻除了小孩與行動不便的老人之外，所有人都動起來了。王瑞芳安撫王家寧入睡後，也起身來到菜市場臨時設立的中繼站，幫忙張羅夜點與隔日早餐，雖然早已經歷多次這種突發狀況，但大夥兒舉手投足之間還是帶點不安。

「我們這種老弱婦孺呀，能做的就只有這樣。」麻花婆林素珠感慨地說。

「素珠婆，你大兒子已經去煉油廠啦？」王瑞芳問。

「對啊，剛剛才跟我一起出門的。」林素珠說。

「怎麼連他也不知道今晚的事？」王瑞芳說：「他不是做主管了嗎？」

「做主管能做什麼？還不也呼之即來，喚之即去。」

「我是聽說裡面也結群分派，尾牆在地人進去後都不受歡迎。」

「別管什麼歡迎，平安順遂就好，也不是求個溫飽嗎？」林素珠問說：「華俏那孩子現在可好？」

「還能好到哪？也不知道他那天是怎麼了。」周遭的人耳聞都忍不住湊了過來，林素珠說：「妳倒說說那天是怎樣的狀況啊？怎麼一個三歲小孩子還能上山的？也真是奇了。」

王瑞芳便開始講起那天發生的經過，大家聽得專心，不安的念頭暫且放在了一旁。

在煉油廠大門前，尾牆村民聚集的人數越來越多，已經逼近五百人，大家七嘴八舌的討論、謾罵、怒吼，情況越趨一發不可收拾，多虧江義傑帶領宋江陣在前方把持著，才沒讓場面走向失控。

許多煉油廠相關的車輛都已經被阻擋在外不得進入，甚至大部分聞風而來的官股報社與媒體，在李春花的計畫下也阻止他們進行採訪與拍攝，雖然這引起他們的不悅與抗議，但為了不被扭曲事實與惡意的操弄輿論風向，也只好在這事發突然的情形下所做出的下下之策，之後再由一貫主導對外的主委張清龍進行統一說明。

而接龍帳也在煉油廠大門右側馬路上搭設起來，陸陸續續的物資已經送達，包括王瑞芳一行人所做出來的第一批夜點水餃與肉包、杏仁茶。紀正岡的拍攝也正告一段落，每當他擷取一張現場的畫面，他的內心便隨之激動不已，當初他會選擇走向與其他同儕不一樣的道路，便是生長在都市裡的不虞匱乏，使他在理所當然的想法下被矇蔽住雙眼，又曾何想過自己始終扮演著一名淡漠的旁觀者，跳脫思維外的事物若是事不關己，便當作茶餘飯後的閒話。讓他惶恐的是在這個社會裡，這些人的聲量才是最大聲的。

就當紀正岡正在檢查底片時，武裝警察裡突然竄出一批人馬迅速地將他團團包圍，強硬地將他拉進煉油廠大門內，他在混亂與反抗中遺落了眼鏡，在模糊的視線裡只好死命地抱著相機，江義傑見狀趕緊大喊並跑上前阻攔，卻已經慢了一步。

「抓紀先生幹嘛？放他出來！」

「賊頭抓記者了！賊頭抓記者了！」

在叫罵聲中，武裝警察舉起盾牌阻擋宋江陣一行人的逼近，並且伴隨著後頭指揮官的哨聲，往前逼退蜂擁而來的所有人。

李春花眼見衝突已起，他對著正與他商量對策的兩位年輕小夥子劉懷苓、楊念民說：「我不反對你們這麼做，但是第一要注意安全，第二千萬別勉強，有阻礙就要馬上放棄，知道嗎？」

臉上有著些許雀斑的劉懷苓點頭說：「村長你放心，不可行我們就退回來。」

楊念民拍著胸脯，信心十足地說：「看我們的吧！」

李春花看著他們離去後，隨即在人群中找上拿著雙斧的鄭富吉：「富仔！要麻煩你帶上幾個人往東邊側門去看顧，那邊也連接柏油路，別讓他們車子往那邊去。」

鄭富吉好不容易從前方人群中擠了出來，他滿頭大汗地喘氣：「我操！那些警察今天玩真的了。」

「你帶上幾個煙火，需要支援就直接放。」

「好好，我馬上去。」

李春花看一眼手錶，現在才剛過零時，他跑上剛駛來的宣傳車上，打開了擴音器：「大家冷靜！大家冷靜一下往後退，先讓我講幾句話。」

衝突暫緩，在煉油廠內的警察指揮官也下達指令，武裝警察退回適才的位置上。

「我這幾句話，是要跟在場所有尾牆人說的。」李春花說：「今天煉油廠無預警的復工，是對我們的信任造成破壞，所以我們要做的就只有一件事，那就是持續我們的抗爭！」

在眾人齊聲吶喊的附和下，李春花又說：「但是剛才大家都有看到了，我們的記者紀正岡先生，他就在我們眼前被警察暴力的抓進煉油廠區內，我們完全不知道他是犯了什麼法，需要被這樣對待？是不是該請我們警察官出來講清楚？」

「是啊！警察官出來！」

「警察官出來講清楚啊！」

在尾牆村民的吆喝聲中，煉油廠區內仍是毫無回應。

李春花彎腰從宣傳車內拿起一顆褐色土雞蛋：「可能許多外地人都不知道，為什麼我們在抗爭時總是要丟雞蛋，剛好在現場也有些媒體記者朋友在，我就順便說明一下，這些雞蛋都是飼養在我們尾牆土地上的母雞生下來的，吃的是我們土生土長的飼料，檢驗的報告現在還貼在老祖廟的公佈欄上，他的毒素超標整整一千倍！」

「雖然現在我們不敢吃了，但是我們仍然繼續撿拾這些老母雞生下來的雞蛋，為的是什麼？」李春花請江義傑將宣傳車上整籃的雞蛋搬下車讓大家索取，他接著說：「在這裡可能要跟部分的警察朋友說一聲抱歉了，咱們都是這個無能政府下的悲哀！」他將手中的雞蛋往煉油廠大門方向投擲，一名武裝警察高舉手中的盾牌，雞蛋應聲破碎在盾牌上。

此時在武裝警察後方，一名頭戴全罩式鋼盔的便服警察站上高台，手持著「警告！行為違法」的告示牌，對著大聲公說：「現在時間西元一九九零年三月二十五日零時十三分，在此進行警告現場尾牆居民，你們的行為已經違反集會遊行法，在此依法第一次舉牌，請不要再違反……」

「真的很好笑喔！亂抓人後現在跟我們大家說違法，這警察官還要不要臉啊？」

高台上的警察官楊隆對李春花刻意地嘲諷有了反應：「李先生，請自重。」

「你們這種警察我們看多了，不值得我們去尊重，還需要自重嗎？我們手上的毒雞蛋就是要送給你們這種人！」李春花拿著齊眉棒下車，往煉油廠大門走去，無數的雞蛋已經從他上頭掠過，全都砸在武裝警察身上，其中一顆更是直接正中高台上楊隆的頭盔，他慌忙地下台躲避。

滿天飛舞的冥紙、雞蛋象徵這場混亂衝突的開端，在汽笛聲、宋江陣鼓聲、吶喊聲之下，尾牆宋江陣開始試圖突破武裝警察的防線，眼看大門難以攻破，許多人開始往左右圍牆移動，試圖翻牆進入，但警方早已做了準備，圍牆內側早就已經擺好了拒馬蛇籠。

一度僵持不下的衝突，沒多久武裝警察便展開行動，他們開始從盾牌中伸出棍棒反擊，並且趁機將人拉進去煉油廠內。

行動不便的王豐榮最先遭殃，他一時反應不及，剎那間便被武裝警察拉了進去。他被推倒在地後便是一陣拳打腳踢，接著雙手反綁被帶上一台警備車裡，紀正岡也在內。

王豐榮在紀正岡對面坐下後，他們面面相覷彼此的鼻青臉腫。

「真丟臉，被打成這樣。」王豐榮苦笑著。

「是啊，可惜我已經幫不了大家，相機也被搶走了。」紀正岡眼眶泛紅地說。

王豐榮看著車窗外的一片混亂，喃喃地說：「老祖啊……你有聽到弟子的無奈嗎？」

（五）

「獬豸？」這似乎是祂曾經的名字。

但是說放下，祂苦笑不已，千萬年來，祂何嘗不是在放下的路途中行走？

結果最後呢？

還記得曾經被凡人奉為圭臬的那些日子，雖然歷經波折與世代變化，使得祂必須劃清界線，但仍然在廟堂中存有一份崇敬，這也是為什麼祂始終選擇留下的原因。

但是在這被遺忘的年代裡……

黑爪著地，尾焰熾目，獬豸發出低吼：「你們這些小怪，阻擋在前就不懼我滅了你們？」

「哈哈哈！」蜘蛛猴覺得好笑地翻了三圈：「我們在祢眼中的確是小怪，但這次整個南台灣的精與妖都聚集在此，量祢也不敵，何況……」蜘蛛猴語調低沉地說：「依我的觀察，祢已經死了。」

死亡？這對獬豸來講是多麼形而上的存在，但蜘蛛猴的確沒有說錯，祂的形體是已經灰飛煙滅了。

獬豸嗤之以鼻：「要戰是否倒是其次，說說原由吧！」

「何必？」蜘蛛猴語畢，在不懷好意地獰笑之下，數百隻精怪幻化成黑影飄盪於空中，接著從上空處往獬豸襲擊而來。

獬豸未動絲毫半步，青色尾焰發出燦爛光芒，朝天空一甩，如一把長刀橫空直砍，百隻精怪剎那間發出淒厲慘叫，泯滅於半空中。

蜘蛛猴震驚不已，該說是牠粗心大意還是意想不到？但眼前很明顯是錯估形勢了，牠感受到背後無數精妖傳來的陣陣恐懼。

「我來！」一道紫色荊棘從蜘蛛猴後方飛射而出，途經之處帶著黑色煙幕，如風的速度纏上獬豸的四肢，正當這灌木紫妖正以為得手時，一股灼熱感從荊棘內傳來，收手卻已經來不及，紫色的人形軀體如同一枚炸彈炸裂開來，方圓十尺皆受到波及，一片斷肢殘骸。

獬豸已不耐煩，祂騰空而起，眼神睥睨發出長嘯聲響：「要戰，便戰！」

反應快的精與妖早已搶先一步倉皇而逃。獬豸黑亮身軀散發出濃厚殺氣，七彩光芒由頭上的獨角往上凝聚為一點，接著迅速以角朝地飛落，觸地瞬間化成一圈金色氣場炸裂開來，籠罩整個老祖廟東礁宮。

再次黑爪著地，獨留蜘蛛猴一絲氣息。

「原由？」

蜘蛛猴囂張氣焰全失，牠氣若游絲地說：「小怪……只為了生存，泉鹿山的靈氣……」話未講完，便死在獬豸的黑爪之下。

「千年的修行嗎？」獬豸雖然不屑，但當下已經明白這些妖與精的目的是什麼了。

獬豸在泉鹿山上守護千百年來，加上泉鹿山本身地理條件不差，自然使得泉鹿山成了一塊罕見的修行寶地。泉鹿山垮掉半面山體的消息傳得飛快，也使這些精與妖產生覬覦，想要在泉鹿山上占有一席之地，雖然紛紛猜想必有事故，但也只抱持著觀望的態度，畢竟在泉鹿山上的貒豸與祂的千年「朋友」們，可不是那些精與妖可比擬的。

直到膽大的蜘蛛猴上山探查之下，判斷貒豸已死後便將消息傳出。儘管牠仍感受到一絲不明的靈氣，但牠仗勢著自己的有恃無恐，一方面呼朋引伴，另一方面繼續在泉鹿山上尋找殘餘靈氣的來源。直到幾天前瞧見盛華俏上山，過程中牠一切歷歷在目，驚覺事態不妙後，便與來自各地的精與妖一齊來到老祖廟前，想要一舉除掉令牠們提心吊膽的禍害……

貒豸感受到身後的老祖廟門神正怒視著祂，自己在保生大帝前大開殺戒的確非常不敬，但是又如何？

論神格是輸了一大截，論修為恐怕在凡間能夠與祂匹敵的已經屈指可數。

若是火光獸與重明鳥二獸聯手，也許能和祂一戰高下，只是……

貒豸發出難過的哀鳴，此情只怕在這世間無法償還了——如果還有機緣，即便要花上千百年，祂也會竭盡所能尋找方法，讓二獸再度重現在凡間與祂一同遨遊四海，這次就找個杳無人煙的地方吧！然後不忘笑笑祂們倆：「扮成巢鼠與倉鴞實在蠢得可以！」

「失禮了，二位門神。」貒豸揮動青焰尾巴示意，四爪離地後往夜空而去。

在夜空中，貒豸俯視整個煉油廠區，燃燒塔驚人的赤焰在祂面前猖狂燃燒著，凡人的演變是誰也預料不及的，誰會想到他們創造了這種規模的架構？只可惜當初沒一舉毀掉這深惡危害，祂往煉油廠區大門的方向看去，有千餘人在那兒發生了紛爭，祂好奇過去一瞧究竟。

在尾牆宋江陣不要命往煉油廠區內推進下，帶頭的李春花與江義傑早已渾身是傷，當然他們也不甘示弱地往武裝警察身上招呼，只是這顯然是一場注定吃虧的拼鬥，武裝警察的盾牌猶如一面固若金湯的城牆，即便李春花眾人再怎麼拚命、再怎麼用力，卻依舊無法突破進入煉油廠的大門內。

一名穿著印有「台灣警察人權促進會」白色上衣的尾牆耆老，他用盡全身力氣爬上宣傳車，嗓音沙啞地對著麥克風喊著：「咱都是台灣人，為何要在此苦苦相逼呢？拜託各位警察撤退，拜託撤退好嗎？」

宣傳車的音量早就被現場的喧囂聲與哨子聲蓋過，幾乎沒有人聽見車上耆老的呼籲，然而就算警察們聽見了，又能怎麼樣？

獬豸看在眼裡早就怒火中燒，但凡間之事他又何能插上手？他望著不遠處那泉鹿山上崩塌後攔腰折斷的山脊，萬般無奈油然而生。

火光與重明二獸贈與的這一份情，就用在這上吧！

這是祂們留給凡間最後的贈禮。

再怎麼說，相交千萬年總不能沒留下什麼，就轉身而去吧？

狂風大作，獬豸的七彩獨角再度亮起，青色尾焰燃燒身軀，祂窮盡一身力量不惜毀損靈體，想再度與泉鹿山一同俱滅……

忽然間獬豸與煉油廠區內外的所有人停止了動作，他們都看向同一個方向，是尾牆煉油廠內最大燃燒塔下的平台，雖然是燃燒塔下最底層的平台，卻也有十層樓高，平台上站著劉懷苓與楊念民，他們綁著白頭巾，上頭的字因為距離遙遠而瞧不清楚，接著一條長達十五呎的布幔攤開而下，高掛在燃燒塔上。

「官商勾結，汙染大地。」八個字道盡尾牆數十年來的陰鬱，也是多少年月的世間之惡。

李春花唸出布條上的字，露出微笑。

高塔上的這一幕，象徵今晚尾牆人的勝利！他們歡呼雷動的相擁慶祝，而武裝警察接收不到上頭的指令各個左顧右盼，煉油廠內部似乎已經亂成一團。

燃燒塔的運作很快地中止，可見決策者想避免事態擴大，搶先一步做出止血動作。他們可不樂見燃燒塔上的劉懷苓與楊念民，在眾目睽睽下發生了什麼意外。

劉懷苓與楊念民眼見已經成功吸引目光後，他們依照計畫進行，各自亮出手中的手銬，不只是要所有人看見更要讓攝影機捕捉到畫面，他們將自己銬在燃燒塔的鐵架上，並且擲出手中的鑰匙以示決心。

看來還是不能小瞧這一群尾牆人的信念。

獅豸在這剎那間豁然開朗，祂爽朗大笑後轉身離去，回到了老祖廟的上空處，廟前的門神發現獅豸又回頭而來不禁繃緊神經，擺出架式。

此時老祖廟裡走出一名約莫七八歲，一臉稚氣的娃兒，祂頭戴太子束冠、身穿五行銀袍戰甲但是卻沒有配戴武器。祂抬頭看著獅豸，細嫩的聲音說：「獅豸，祢不應該糟蹋保生大帝好意。」。

「好意？」獅豸意味深長地說：「這份好意祢們未必承受的起。」

「事已至此，一切因果東礁宮承擔著，祢又何必虛耗難得的因緣？保生大帝有令，若祢不願如此，也不能放任祢留在尾牆境內使尾牆不得安寧，更不能讓祢離開尾牆。」

「那便如何？」

「中壇元帥便會領戰！」

「哈哈！沒想到現在連區區中壇元帥也能與我匹敵了？」

「做出決定吧！」中壇元帥舞動束冠雙翎，擺出架式。

「哼！憑祢！」獬豸獨角光芒再現，蓄勢待發。

此時在獬豸背後傳來一個讓祂熟稔又生疏的氣息。祂轉頭一瞧，原來是祂那沒有血緣的兄弟。

這是一隻長相與獬豸極為相似的獸類，祂的獨角及尾巴略為短小且一身青麟，體型則較為圓滾，與獬豸相較之下倒是多了一股親近感。

祂是名為用端的神獸。

「獬豸，夠了嗎？」

「難得，還能與祢相見。」

「哦！」獬豸語調變高：「適才祢都瞧見了？」

「本來是想送祢一程。」

「當然，別怪我冷血。」

「不會，祢的這份情誼我收下了。」

「哼！祢別誤會，我可沒忘記過去祢總是欺壓著我的日子。」用端避開獬豸的視線，不情願地說：「是大夥兒指派我下來的。」

「哈哈，即便到了神界，祢的地位一樣沒變啊！」

「雖然過去我技不如祢，但現在若我們比試一場，我也許略勝一籌了。」

「哦？」

「我當然是指祢完好的狀態下。」用端感慨地說：「這些都是其次了，這一回來到人間，我是帶著敬意的……我們以為祢已經死了。」

「是死過一回。」

「東礁宮中壇元帥講得有道理，祢何必放棄這份因緣？既然已是凡間一回。」

獬豸沉默不語。

「那麼要還給那小娃兒該有的人生了嗎？」

「我本來就不該存在於這世間。」

「有緣再介紹火光與重明二獸相識吧！」

「哈！」

「再會了。」

獬豸疑惑：「祢不收我？」

「何必是我，祢背後的東礁宮正等著呢。」

此時在老祖廟正殿與大雄寶殿上方各傳來一道金光在獬豸周身匯聚成一體，有條有序地遊走。

「祢就認命一回吧，我在神界期盼能再度與祢切磋。」

「誰說我要去神界了……」

在盛華俏的腦海裡，浮現了這首詞。

「……夢裡不知身是客，一晌貪歡。獨自莫憑欄，無限江山。別時容易見時難。流水落花春去也，天上人間。」

「華俏！華俏！」盛華俏躺在三樓大雄寶殿的廊道上被悔智和尚叫醒：「你怎麼躺在這兒？哪裡不舒服嗎？」

盛華俏睡眼惺忪地揉一揉眼睛，老祖廟外頭的吵雜聲吸引了他的注意：「師父，外頭怎麼了嗎？」

「哎呀！你怎麼還惦記外頭的事呢？趕快起身來，師父帶你去房裡睡覺！」

「好！」盛華俏起身一手抓著悔智和尚的手，轉頭看向帶著薄霧的外頭，彷彿有誰在那兒盯著他，感到畏懼地打了哆嗦。他在心裡默默唸起佛號，這是悔智和尚告訴他若是感到害怕時，可以這麼做。

入睡前，盛華俏想起王家寧，已經好幾天都沒見面了，說好還要一起打鬥片呢！

早上七點多，劉懷苓與楊念民還在燃燒塔上與警方人員僵持不下，李春花一行人回到老祖廟會議室商討對策。

但會議室裡的氛圍卻不太對勁。

主委張清龍帶領的廟產管理委員會整夜都未曾露面，這個時刻卻在會議室裡泡著茶。

李春花皺著眉頭，他按捺住脾氣，看見這一幕任誰都會不快，但江義傑早就破口大罵：

「主委！你整晚找不到人就算了，現在還在這裡泡茶是什麼意思？」

「江先生不要激動嘛！我正等著大家呢！」

「等著我們？你還好意思說啊？」

「我何嘗不想盡一份心力呢？大家先坐！先坐好不好？」張清龍揮手招呼眾人坐下，廟方人員關上會議室大門，接著遞上水果、茶水。

「這種時候你還搞什麼排場？我受夠了！」江義傑滿腔怒氣起身就想離開，李春花見狀便趕緊叫他先坐下。

「張主委，有話就快說吧。」李春花說。

張清龍微笑說：「村長、還有在座的各位，我這裡目前已經有個兩全其美的協議，是昨晚我跟政府那邊的高層徹夜商討出來的，絕對是我們尾牆看向未來的好機會！」

在眾人面面相覷下，張清龍繼續說著：「我們抗爭三年來，動用了多少資源、人力心力才走到這一步？這種遙遙無期的抗爭，為了我們尾牆的將來，是不是該停止了？」

「廢話少說，協議內容是什麼？」李春花感到不耐煩地說。

張清龍笑容僵硬，點點頭說：「既然李村長單刀直入，我也坦白講，十五億的現金資助以及二十億當地公共建設、長期的環境養護改善，換取尾牆煉油廠二十五年限的運作。」

李春花頓時拍桌大罵：「你他媽的當走狗了是不是？」

張清龍臉色一變，不滿地說：「李村長你講話要尊重一點！我這是在替我們尾牆的未來在著想，我們這種窮鄉僻壤的地方能夠得到這三十五億的援助，有多大的幫助可想而知，你怎麼可以說我在當走狗？」

「用我們後代子孫的健康去換值得嗎？你憑良心跟我說！」

「我們抗爭三年來毫無成果，這樣子浪費時日讓我們尾牆的發展停滯不前才不值得！」

「我絕對不答應！」

「答應是否，我想就讓尾牆人來決定吧！」

「你有想過現在人還在燃燒塔上的劉懷苓與楊念民，還有在現場抗爭的人，他們為的是什麼？」

「李村長，理想與抱負在現在的環境下，是經不起消磨的啊！」

李春花沉默了，在尾牆居住的每一個人，誰都想讓煉油廠消失在他們這片土地上，畢竟誰想要每天聞著惡臭，伴隨著燃燒塔上的烈焰心驚膽跳的過日子？

但是三年了，李春花還記得有一次北上抗議，私底下政府官員找他密談試圖「撮合」時講過一句話：「這是必要之惡。」

事無完美，常常在正與反的衝突下難免產生一些必要之惡，即便是聖賢非人也是要面對到的事。

會議室的門打開了，鄭富吉在門口喊著：「警察官第三次舉牌，現在正準備要驅離了！」但是正義呢？就算是必要之惡，它的公平正義也要發揮得正正當當才說得過去吧？不用李春花招呼，大夥兒二話不說就拎著傢伙趕往現場。

「主委，身為尾牆人，我們該做的還是要做啊！」

張清龍連忙點頭稱是，他看著李春花眾人離去的背影，內心是否有了一絲慚愧？

盛華俏正要帶著鬥片去找王家寧玩，才剛來到正殿前便看見許多人往外頭奔跑而去，當下便丟下鬥片跟了上去。

在盛華俏眼中，煉油廠大門前熱鬧得像一場廟會。盛華俏開心得在人群中穿梭，跟隨眼前的大人來到接龍帳下，他悄悄地拿了一瓶鋁箔包紅茶喝著，只是每個人臉上都帶著倦容，讓他心裡有一點點納悶，他看向傳來哨子聲與吵雜聲的方向，只是個子太矮小，什麼也看不到。

「弟弟！你怎麼在這？」一位未曾謀面的男人蹲在他面前詢問。盛華俏眨眨眼睛，一時不知道該怎麼回應，深怕一講實話後，回去會被悔智和尚責罰。

「老和尚帶你來的嗎？」男人問，盛華俏馬上點頭。

「那他人呢？你要趕快回去，這裡很危險喔！」

「嗯！」盛華俏拿著飲料離開，他在接龍帳外頭兜了一圈後，決定往哨子聲的方向而去。

在大門內的楊隆才剛在電話裡被上級訓斥一頓，劉懷苓與楊念民在燃燒塔上一戰成名，「官商勾結，汙染大地」八個大字在今天一大早播送到全國的電視畫面，甚至已經獲得國外媒體的關注，這完全是現場警察官的指揮不周導致出現這樣的紕漏，使得尾牆村民趁虛而入。

楊隆內心自然是有苦難言，三百名警力哪能管得住偌大的煉油廠？

何況當初早就表明至少要再加派五百名警力，卻因一句「低調行事」而被打了回票。如果警力充足，早就不用面對現在這個艱難局面，也搞得自己裡外不是人。

現年五十一歲的楊隆，從當年派出所的一名警員苦幹實幹，好不容易在一次的任務中獲得上級賞識，讓他非正式的升遷成為警官。在他那個年代的警政體系就是這麼一回事，選對了派系人馬，做對的事，機會來了自然有你的份，有時他也會想起當年他那苦幹實幹的模樣，其實根本沒必要這麼做，難怪那時總是被冷眼旁觀。

當然今非昔比了，尤其是在這注重人權自由的開端年代裡，面對眼前的景況，雖然他也很想用過去的方式來處理，但肯定會引起反彈的。

所以他才在歷經三次的舉牌後，下令開始清空現場。

此時門外傳來了一個交涉訊息，尾牆村長李春花表示，如果警方願意放出已經被拘留的王豐榮、紀正岡一干人，便會退出煉油廠大門區域。

聽完這個消息，楊隆對著眼前的警員怒斥：「誰准你替他們傳消息進來的？」

警員沒想到楊隆會有那麼大的反應，嚇得支支吾吾地說：「我、我只是想傳遞訊息……」

「沒必要！離開！」

對楊隆來說，如果放了警備車上的所有人，等於是警方低頭承認錯誤，雖然現在已經沒有拘留他們的必要性。尤其是記者紀正岡，雖然捕捉他引發第一波的衝突，但為了避免事態渲染擴大，打從一開始便將目標放在他身上。若紀正岡將他拍到的畫面散播出去，肯定又得引起一番輿論撻伐，這也是楊隆這幾年才意識到，媒體真是個嗜血又殘忍的行業。

當然現在都被燃燒塔上那兩名瘋子給搗亂了，楊隆心想。

歷經整晚沒睡的李春花眾人，早就已經疲憊不堪，沒想到他才提出交涉後過沒幾分鐘，連答覆都還沒收到，眼前三百名已經換過班的武裝警察便毫不客氣的舉起棍棒對著他們揮下。這樣的不可理喻讓尾牆宋江陣眾人怒火中燒，紛紛上前反擊，哀鴻遍野的當下，鮮血已經流落李春花的臉龐，在他的帶頭下硬生生地開出一條往煉油廠的路，但就在李春花帶著模糊的視線尋找紀正岡等人身影時一個踉蹌倒下，當即被壓制在地，一陣拳打腳踢讓他失去了意識。

模糊之中，有個孩子的哭聲傳入他的腦海裡。

盛華俏早已嚇傻，手中的紅茶在人群擠壓之下噴濺得他一身都是，沒有人注意到他何時闖入人群裡的，他嚎啕大哭的聲音讓所有人彷彿從渾沌險惡的狀態中清醒，他們先是訝異，接著尋找哭聲的來源，武裝警察紛紛退開來，原來盛華俏正在他們的包圍之中。

楊隆接獲消息後嚇得不輕，連跑帶喊地奔跑上前，他無法置信為何一名娃兒可以闖入三百名武裝警察裡？但是這已經不重要了，他只希望這孩子沒事，否則他的警官生涯可就毀於一旦了。

盛華俏受到些微的破皮與挫傷，但滿臉惶恐與淚水加上一身茶漬的畫面，讓他登上了新聞版面——可大可小的新聞事件完全取決於標題如何的下，儘管它背後錯綜複雜的關係。尾牆煉油廠的抗爭事件已經在短短一天內，就因劉懷苓與楊念民的燃燒塔事件，盛華俏在雙方人馬衝突中嚎啕大哭的畫面而得到全國的關注，甚至讓國際媒體爭相報導。

然而這一次的抗爭事件，卻在行政院長中午緊急南下，並且由白義禮陪同下入宿煉油廠宿舍進行調停而落幕，且非常迅速地在當天下午，由行政院長陪同經濟部長召開記者會進行滅火，隨後由東礁宮主委張清龍代表尾牆村民進行協商作業。

李春花仍然陷入昏迷當中，尾牆宋江陣眾人都在醫院裡等待他的清醒。

而盛華俏這天又沒能跟王家寧見面了。他在電視上看見了自己，雖然悔智和尚很快便關掉電視，但有兩個字卻深深烙印在他心裡。

「師父，孤兒是什麼？」

「等你長大些就會知道了。」

「現在不能告訴我嗎？」

「師父要跟你講得可多了，總要有先後吧！」

盛華俏只好不再追問，也許問王家寧她就會知道了吧？

（六）

「老祖啊！祢為何不讓弟子清醒呢？」

「清醒之後，不見得是清醒啊！」

「弟子不懂。」

「就是不懂，才毋須清醒的好。」

「那弟子在此請求老祖，讓尾牆遠離毒害，讓煉油廠消失在尾牆的土地上。」

爽朗的笑聲從四面八方傳來：「我是神，可不是人啊……」

李春花依稀記得在他清醒之前，停留在他腦海裡的一句話：「不論波折變化，切記莫忘初衷。」

時光飛逝，距離尾牆煉油廠抗爭至今已經滿六周年了，也是劉懷苓與楊念民所引發的燃燒塔事件三年後。

這天在老祖廟前廣場舉辦了三周年活動，主辦單位自然是與尾牆基金會共同管理十五億元資產的老祖廟委員會。

盛華俏正從幼稚園放學，他是幼稚園裡唯二走路上下學的，另一位則是大他一歲的王家寧。他們一路走回老祖廟旁王家寧的家裡，盛華俏也時不時待在那兒用餐寫作業，直到接近傍晚九點半才會回到廟裡。

在走回家的路上，王家寧問：「阿俏，你最近怎麼都不回廟裡吃飯了？」

盛華俏愁眉苦臉地說：「因為師父都只吃鹹菜豆腐稀飯，我才不想吃呢，難吃死啦。」

「哦……那麼就來我家吃吧！媽咪煮得都很好吃哦。」

「對啊！」盛華俏好似想起什麼，嘿嘿嘿地笑：「上次那個香香又很噁心的那個，好吃極了。」

「你是說咖哩吧？」

「喔！原來那叫做咖哩。」

在老祖廟面前廣場，舞台上的歌手正在演唱著，台下人潮稀稀落落，也許是正值用餐時間，加上晚上的抽獎活動時間還沒到的關係。

盛華俏與王家寧剛走進家裡，王瑞芳正好從廚房裡端出一盤炒好的青江菜，她劈頭便問：「盛華俏！為什麼今天老師說你上課偷跑出去玩？」

「因為上課就像在聽師父念經，很無聊耶。」

「那也不能偷跑出去玩！萬一出事了怎麼辦？」

「阿俏你下次不可以再這樣了！」王家寧也幫腔。

「好啦！」盛華俏不滿地嘟著嘴，早知道當初就不要為了想陪王家寧，而去跟師父要求讀幼稚園了！

上幼稚園以來，盛華俏只覺得有趣沒幾天，剩下的便是日復一日的枯燥乏味。他也漸漸發現自己與其他人的不同之處，雖然師父常常說分別之心是不該有的，但在他心裡卻時常有股輕率的想法看著周圍同學，嘲笑他們不經世事的行為。然而回過神來，自己卻又覺得有趣，一起拍手吶喊著。

王瑞芳也從老師方面得知，盛華俏的個性顯得早熟許多，智力也高於一般值，但也就是這樣，盛華俏成了他們眼中的頭痛人物。

但讓幼稚園老師介意的並不是這個，而是盛華俏常常脫口而出一些會「靈驗」的話。

在王家寧家中用完餐後，盛華俏幫忙王瑞芳收拾碗筷、擦完桌子後他聽著門外似乎越來越熱鬧，當下便溜出門去，舞台上的主持人正準備進行最後的抽獎活動。

在抽獎前的致詞，主委張清龍被主持人邀請上台，他穿著印有「尾牆東礁宮主任委員」字樣的黑色夾克以及帽子，身後站了一群老祖廟委員：「非常感謝各位鄉親的愛護與支持，在這兩年多來，我們的尾牆改變了許多，我們有圍繞著煉油廠區的環形公園、國中小學的校園也都翻新了，還有許多建設正在進行著，這都是多虧大家共同的努力……」

「還不是一樣下黑雨、吸毒氣。」在盛華俏背後，一名男子不滿地說。

「然而有今天這樣的成果，我們都要感謝在我身後這一群默默付出的人，他們都是我們老祖廟裡的委員、幹部，我們掌聲給他們鼓勵鼓勵好不好！」

掌聲之後，又經過張清龍冗長的發言，抽獎終於開始了！老祖廟前廣場擠滿人潮，好不熱鬧。

「華俏！華俏！」盛華俏聽到這個聲音，當下便想溜走，但悔智和尚已經走出廟門，與他撞個正著。

「師父！」

「已經九點半了，怎麼還在外面溜達？」

「我在等活動結束，這樣才能關廟門。」

「還找理由！你這孩子怎麼才六歲就如此古靈精怪呢？趕快進來晚課！」

「喔……」盛華俏忿忿不平地想，為什麼只有他要上晚課，學習那些奇奇怪怪的東西？

悔智和尚想到自己來日不多，再活著也就那些年數，老祖什麼時候要帶他走一切憑著天意。這也使他著急，他畢生所學都與老祖廟息息相關，若他走了，沒有人傳承的老祖廟，不也亂成一團了？

但是冥冥中自有天意啊！

雖然略嫌晚了些，但老祖賜下這天資聰穎的盛華俏來到廟裡，讓悔智和尚心頭暫且放下一顆大石，只是盛華俏就得辛苦一點。

畢竟能教多少，就教多少。

禪房裡的矮木桌，悔智和尚坐在盛華俏的對面，他說：「昨天師父有跟你說，咱們廟裡的香火都該怎麼寫？」

「要先稟告神明，然後拿神明前面的毛筆寫。」盛華俏聽著外頭傳來一陣唱名，最小的獎項是洗衣精。

「對！所以毛筆字很重要，這才是為什麼師父要你從小就拿毛筆寫字。」

忽然間一股刺鼻味道瀰漫禪房，盛華俏鼻翼微動：「師父……空氣中有個味道。」

「有嗎？師父沒聞到呢。」悔智和尚確實沒嗅到什麼味道。

「好臭喔！」盛華俏捏著鼻子，仰臥在禪房地板上。

悔智和尚皺眉，起初以為這孩子又在搗蛋了。但仔細一瞧，自從三年前盛華俏在泉鹿山上暈倒後，就沒出現過的穢氣，現在怎麼突然又出現了？他不假思索地拿了一張桌上的古仔紙，迅速畫符後點火燃燒，環繞盛華俏周身三圈。

「咦？味道不見了。」盛華俏一臉狐疑地坐起身。

「華俏！老實跟師父說今天去哪了？」

盛華俏看著悔智和尚嚴肅的表情，不敢欺瞞：「我只是過馬路去對面的公園而已。」

「有看見什麼嗎？」

「沒有……只有一個漂亮姐姐跟我打招呼而已。」

漂亮姐姐？悔智和尚細問之下也沒有任何頭緒，看來這件事還得再繼續觀察了。

外頭再度傳來歡呼聲，悔智和尚看著盛華俏坐不住的模樣，心想還是自己著急地顯得嚴苛了。他讓盛華俏再練一遍毛筆字後，便讓他出去玩鬧。

在抽出最後大獎的摩托車之前，舞台上正播映著兩年多前的抗爭畫面，昔日擔任尾牆村長的李春花正在與警方交涉，接著畫面一轉，是盛華俏嚎啕大哭被楊隆抱起的畫面。盛華俏看見這一幕時內心一股厭煩油然而生，心想為什麼大家要把他哭泣的模樣一直重複播放？他都已經看過不下數十遍了。

影片播放結束，現任的村長跛腳榮王豐榮陪同李春花上台，李春花在當時陷入昏迷清醒後，已經過了兩天，他醒來第一件事便是詢問狀況，然而事態的變化卻已經超出他想像。

「就這樣？」李春花當下氣得講不出話來。

「有意見的都被一個一個請去摸頭了，就連我們宋江陣的弟兄，也大半在行政院長的照會下簽署同意書了。」江義傑說。

「內容是什麼？」

「如同主委那天講的，二十五年限的運作，換來十五億的資金與二十億的長期環境改善工程，以及一些尾牆人的福利措施。」江義傑又說：「村長，其實這樣也算是有個定局，至少我們尾牆的未來有了保障，看病基本不用錢、免水電，每年都還有一筆不少的津貼可以拿，日子也好過許多了。」

李春花搖搖頭沉默不語。照江義傑這麼說的確是落下一個結果，至少尾牆人不再被虧待，但這絕對是最草率的結果。

參與這場抗爭以來，宛如走進無止盡的黑洞，隨著越深入每一處的癥結點都有著極大的問題。李春花感受到自己已經一腳踩進這大染缸裡，卻在一瞬間被硬生生地拉走。

他曾經在調閱許多過往資料時，內心的問題層出不窮，包括這間煉油廠的產值雖然高，但是他所需要的成本更高，在高額的運輸費用與營業成本的壓力下，是呈現虧損狀態的。

那為何要把煉油廠蓋在尾牆這交通不便、遠離交通樞紐的地方？

還有在尾牆是不可能會有石油的，為何還需要大筆的開採經費？

種種問題徘徊在李春花腦海裡，卻沒有一個能夠合理的解答。

最後李春花放棄了猜想，也許就如同他的岳父白義禮所說，這動搖國家根本的問題，是他無法想像的。

隨著這場反煉油廠的抗爭落幕，李春花也萌生退意，出院不久後他便辭退了村長一職。他知道這個舉動等於去除了某些人身上的芒刺，心裡也明白在他有生之年也許無法再探查出個名目，但至少還是要留下後路。

畢竟他心目中的理想依舊存在著，他依稀記得老祖要他莫忘初衷，只要他還有一口氣，就要為尾牆這片土地而努力。

如今在王豐榮陪同下上台的李春花，他的身分便是尾牆自救會的會長。

「各位兄弟姊妹，好久不見了！」李春花看著廣場滿滿的人潮，內心莫名激動：「上一次像這樣拿著麥克風跟大家說話，已經是將近三年前了！也許有很多人無法諒解我，當初為何就這樣丟下村長的職位，我要先替我的意氣用事跟大家道歉！」李春花鞠躬致歉的當下，鼻頭已經略酸。

「在擔任村長前，我曾經在老祖面前立誓，若身為村長必定盡公不顧私，一心為尾牆的未來找出頭路。現在我雖然不是村長，但是距離煉油廠停工還有二十二年，在這二十二年裡我每一天都會繼續監督煉油廠，維護我們的權益，當然也希望在這二十二年裡，大家要好好的活下去！」

李春花擦拭眼淚後說：「我們期待煉油廠消失在我們土地上的那天到來。」所有人靜默的用掌聲，熱烈地鼓舞未來。

在舞台下的盛華俏，雖然對自己成長的地方所發生的事情不甚了了，但他第一次意識到每天伴隨著他們生活中的存在，是有不同意義的。他轉頭看向天空那正噴著烈焰的燃燒塔，心裡頭有股難以言喻的傷感。

盛華俏除了上學之外，每天分別有早課與晚課，要學習的東西繁多且複雜，畢竟都是神明事，一點也馬虎不得。早課時，盛華俏便會一起與悔智和尚點起三支香拜早鐘，日復一日下來其實也已經熟手在行，接著打掃環境、檢視老祖廟一天的行程、確認一個月內的行事曆，再著手進行打理。

而晚課盛華俏必做的就是練習毛筆字，再來學習各種符咒寫法與用途，再與悔智和尚進行打坐，只是打坐時大部分的時間盛華俏都靜不下心來，悔智和尚只好減少打坐次數，把這些時間用來教導盛華俏人生道理。

只是面對這些深奧的語句，盛華俏的回應還是讓人啼笑皆非。

「師父，你說男女授受不親，可是我每天都跟阿寧摸來摸去耶！」正在打坐的悔智和尚身形一震，雖然仍沒張開眼睛，但眉頭抖動地問：「什麼摸來摸去？」

「欸……」盛華俏不知道該怎麼形容，苦惱地抓著頭。

「華俏，你要知道男女有別，不只是行為上最重要的是在這裡。」悔智和尚指著腦袋說：「很多事情一念之間就會壞了事。」

「師父，我一輩子都不能男女沒有別嗎？」

悔智和尚笑著說：「修行在個人。師父只能引導你走向正確的路途，該怎麼選擇還是在於你自己啊！」

盛華俏有聽沒有懂，既然這樣他可以不要學習這些東西嗎？

時隔三個月，這一天盛華俏一早醒來便感到頭暈目眩，但在拜早鐘之後已經好多了，於是便不在意的上學去。

王家寧已經在廟門口等著盛華俏。今天早晨的風異常大，吹得她髮絲拂面，下意識瞇起眼睛。

「風好大喔！」盛華俏從老祖廟側門走出後便嘀咕著。他遠遠看見坐在廟前台階的王家寧，便對她招手，隨後一起走在往幼稚園的路上。

「咦？」才剛走過巷口，王家寧便疑惑地說：「怎麼這裡就沒有風了？」

盛華俏聳聳肩，他只覺得自己又開始頭暈目眩了。

走過幼稚園對面的公園時，盛華俏轉頭又看見那位漂亮姐姐，她坐在長椅上正對著他微笑，盛華俏眨眨眼後便拉著王家寧進入幼稚園裡。

曲奇老師正在教大家英文字母，盛華俏心緒比平常更不能安定，他抓到機會便溜出教室，轉眼間已經在公園裡左顧右盼，卻不見那一位漂亮姐姐的蹤影。

正當他感到失落時，耳後卻傳來一聲細膩地叫喊：「盛華俏！」

盛華俏轉頭一看，漂亮姐姐坐在長椅上正對著他揮手。他開心地跑了過去，漂亮姐姐穿著牛仔短褲與黑色上衣，帶著英氣的臉龐上有些許雀斑。

「好久不見啊，姐姐！」

「是啊！你最近都在幹嘛呢？」

「沒有幹嘛。」

「師父沒有跟你說什麼嗎？關於我的事情呀。」

「沒有，為什麼師父要說？」

漂亮姐姐噗哧一笑：「沒有啦，只是好奇而已。」接著她又說：「你今天是不是犯頭疼啊？」

盛華俏苦惱地點頭：「姐姐你怎麼知道？我頭疼死啦。」

漂亮姐姐從口袋掏出一個比翼龍造型的吊飾說：「這個給你，帶在身上就不會頭疼囉！」

「哇！」盛華俏看著非常喜歡：「是恐龍耶，姐姐謝謝妳！」

「不客氣！」

這時幼稚園裡傳來呼喚聲，老師們發現盛華俏又不見了，紛紛四處尋找。

漂亮姐姐吐舌頭說：「你該回去啦！」

「好吧……」盛華俏心想若不回去可能又得挨罵了。

在盛華俏走回幼稚園前，他問：「姐姐，可以問妳叫什麼名字嗎？」

「容瑜，我叫容瑜。」

放學後，盛華俏與王家寧剛走過廟前，悔智和尚便在廟門口喊著盛華俏，讓他先回廟裡。

「師父！我要去阿寧家啦！」盛華俏內心不快，鬧著脾氣跺腳。

「今天不行！」悔智和尚語氣嚴厲：「今天老祖降下指示，要師父多注意你，所以你就乖乖的跟師父回禪房吧。」

「老祖看不到也摸不到，為什麼要聽祂的？」

「不可胡說！你再妄言別怪師父責罰你！」

盛華俏噘起嘴，眼眶濕潤地往禪房跑去，心裡只覺得滿腹委屈。

晚課時，悔智和尚看見盛華俏身上穢氣再度瀰漫，皺著眉頭問：「你今天有跟那一位漂亮姐姐見面嗎？」

「沒有。」還在氣頭上的盛華俏，沒有半點猶豫便開口撒謊。

悔智和尚只好照樣拿起一張古仔紙，畫符燃燒後遊走盛華俏周身三圈，穢氣隨即散去。

「師父這麼做，是為了你好。」

盛華俏嘟囔：「每次都說為我好。」

「師父教過你，對神明不可不敬。神明有這樣的指示自然有他的原因，更何況是我們的老祖。」

盛華俏不滿的是，難道神明說什麼，我們就要做什麼嗎？

這樣被掌控的感覺，讓他很不舒服。

悔智和尚心想，看來必須要再教導一次盛華俏這份觀念了。在盛華俏的學習過程當中，他專注於傳授自己所學，沒想到這最基本的道理卻沒能讓盛華俏體悟，這也是為什麼他們身在這老祖廟的原因。

這是他們的信仰，他們更擔任著神明代理人的位置，一代傳承一代一同掌管著這間歷史悠久的老祖廟東礁宮。如果對自己所做的事情沒有認同感，又如何維持這間廟宇的運作？更不用說什麼傳達神意、消災解厄了。

悔智和尚感嘆，但這豈是用口語表達就能夠使盛華俏體會的了？這下還真讓他遇上個難題，唯一能解開這個死結的，只有用經驗與時間讓盛華俏去了解，至於現在，能講多少算多少吧！

一整天的狂風大作，也讓悔智和尚內心多了隱憂。

殊不知這風吹得的確不尋常！老祖廟門神一位手持手掌大小的辟邪斧，面龐白淨溫文儒雅；另一位則持著長如竹篙的鎮煞戟，古銅色臉怒目而視，祂們正在廟門外力戰黃麂精與鮻鯉怪。黃麂精看似柔弱，但祂的頭角長如彎刀散發著透白光亮，游刃有餘地抵擋辟邪斧的劈擊；鮻鯉怪行動呆滯，卻能來去如風，戲謔般的從四面八方射出紫光鱗甲，讓手持鎮煞戟的門神顯得有點手忙腳亂。

交戰幾回，手持辟邪斧，名為飛嚴的門神抓得空檔便問：「看二位是一方山神，為何來此滋事？」

「哼！」鯪鯉怪語帶不屑：「祢們這行不正坐得歪的正神也不過如此，還不趕快叫祢主子出來？」

手持鎮煞戟，名為走弼的門神怒斥：「保生大帝可是祢說見便見的？」

「無妨。」黃麂精飛撲往飛嚴擊去。

「真是不可理喻！」飛嚴無可奈何地出手抵擋攻擊，一時之間四神又陷入交戰。

神與神之間的戰鬥是沒有筋疲力盡這件事，但在分出勝負之前，也許會先感到厭煩。

「停！停停！」鯪鯉怪化成人形，尖嘴黑眼的祂揮動利爪，不耐煩地說：「我還真是受夠了。祢們主子還真能窩啊？打了一天一夜也不出來現身，受不了啦！」

「同為是神，何苦相逼呢？」飛嚴收手與走弼回到廟門前，無奈地說。

「我呸！」鯪鯉怪充滿不屑地說：「多少帶著百年修行的精妖在這裡覆滅，別以為我們都不知曉！」

飛嚴與走弼面面相覷，原來是為了這件事。但是保生大帝有令，這件事祂們可絕口不能提。

「怎麼？講中了吧！」鯪鯉怪說：「就因為沒神職，滅掉牠們也無妨是不是？什麼時候咱們神界比人間還迂腐了？」

「我們實在是有苦難言。」二位門神面帶難色地說。

「這倒無妨。」黃麂精說：「那日發生何事我們不得而知，但在眾怒之下此事恐怕難以善終。」

「何必如此客氣？」鯪鯉怪說：「我們乾脆就聯合上奏天庭吧！」

「上奏是否倒是無妨。」黃麂精說：「討公道是咱們的事，但……精怪雖不足為懼，可萬一若是妖界動身追究，恐怕是會引來神妖二界大戰。」

飛嚴與走弼聽完這話不禁感到惶恐，他們可沒想過事態會嚴重到這種地步。可是這麼說來，廟裡頭的大人們，怎麼一點反應都沒？

「閣下二位的忠告我們謹記了，在此先多謝。」飛嚴鞠躬致謝。

「言盡於此，走吧。」黃麂精轉身便要離去。

「等！等等！」鯪鯉怪不悅地說：「咱們就這麼走啦？」

「喊停的不是你嗎？」

「那也不能這麼空手而回啊！」鯪鯉怪說：「至少也要摘了那臭臉傢伙的頭盔回去。」走弼大為光火：「好啊！如此無禮也別怪我不客氣！」

「又沒說祢，何必對號入座？」鯪鯉怪促狹地說。

「哼！」走弼轉頭不語，飛嚴見狀便說：「見二位來此並非全然惡意，但保生大帝廟堂之前也不容得這樣狂妄，若二位不顧和氣，我們自然也不再見讓。」

飛嚴講完，廟前兩側一公一母的石獅幻化成形，紛紛發出獅吼。

鯪鯉怪見狀面露驚異，看來飛嚴和走弼在適才的交戰的確留下三分。

「無妨。」黃麂精用角頂著鯪鯉怪說：「後會有期。」當下便與鯪鯉怪幻化成光影，一同離去。

「據那鯪鯉怪所言，當年之事似乎已起波瀾？」走弼看著他們離去的方向說。

「唉。」飛嚴嘆了氣：「這事只能先回稟保生大帝後再做定奪了。」畢竟祂們也只位居門神一職，只是神妖兩界大戰？也許這麼講是誇大其辭了點，但若是有心操弄，或是妖界藉故起事，倒也不是不可能。

不論如何，老祖廟前可能會不平靜一陣子了。

（七）

上課鐘聲響起，已經就讀小學一年級的盛華俏背著酷斯拉圖案的新書包，書包的拉鍊上綁著容瑜送的比翼龍吊飾。自從半年前容瑜在公園裡送他吊飾之後，盛華俏至今便沒再見過她了，難免感到失落。

如今的盛華俏頂著一顆光頭，眉宇間透露一股傲氣，笑起來讓人覺得親近，但在同儕之間他卻不受歡迎，對此盛華俏一點也不以為意。他走進教室後，口中念念有詞並且右手比出法指，對著角落一團漆黑的影子比劃，霎那間黑影便一溜煙地消失無影無蹤，他滿意的在座位上坐下。

盛華俏曾經一度視那些在他生活當中時常出現的黑影為朋友，畢竟他們總會偷偷地告訴他未來會發生的事，這種預知讓他覺得驚奇又佩服。但是在幾個月前，黑影藉由他的引導下成功影響曲奇老師身體後，便完全改觀。

那也只不過是一個稀鬆平常的對話。

「華俏！老師好奇想問你，為什麼你知道會發生什麼事？」

盛華俏正不知道該怎麼回答時，一團黑影飄在天花板上，對著盛華俏說：「告訴她，放學後到幼稚園的側門等。」

盛華俏如實已告，曲奇老師不解地問：「側門？那邊都是田地耶。」

「照做就是了。」

沒想到當天晚上曲奇老師就因為癲癇發作，在側門口被正巧路過的農夫發現，緊急送往醫院。

隔天盛華俏來到幼稚園聽聞此事，便在放學後來到幼稚園側門，果然黑影也在那兒。

盛華俏插腰質問：「喂！祢把老師怎麼了？」

「你不用知道，趕快回家去吧。」

「趕快讓老師回到幼稚園。」

「哼，你再多嘴，我連你也不客氣！」

盛華俏一臉茫然地說：「祢不是我的朋友嗎？」

黑影發出淒厲笑聲，盛華俏難受地摀住耳朵，眼前的黑影隨即消失不見。

內心忐忑的盛華俏回到老祖廟後，便馬上告訴悔智和尚來龍去脈。

「黑影？你為何從未跟師父講過，你看得見那些東西？」

「我以為他們是朋友。」

「哎呀！遲了！遲了！」悔智和尚急急忙忙走至正殿，向老祖稟明此事後，不停地擲筊落地。

大約半個時辰後，悔智和尚與主委張清龍夥同老祖廟幹部，一同前往幼稚園的側門，整個晚上老祖廟燈火通明。

盛華俏完全沒想到，從他口中說出那些「靈驗」的話會帶來這麼嚴重的後果。隔天早晨，他在禪房瞧見悔智和尚正在打坐休息。

「師父？」

「沒事了。」悔智和尚見盛華俏站在門口，又說：「你可知道那團黑影是什麼？」

盛華俏搖搖頭。悔智和尚說：「那些都是帶著怨念的鬼魂。」

「鬼魂？」盛華俏愣了一下後問：「那曲奇老師呢？」

「沒有大礙了。」

盛華俏鬆了一口氣，然後開心地拍手，彷彿贏了一場勝仗般。悔智和尚看著他這副模樣，一時也罵不出口，殊不知為了救曲奇老師，可是不得不滅掉那隻怨鬼，讓祂連轉世投胎的機會都沒了。

「切記！以後那些黑影皆不可理會！」

「嗯！」盛華俏點頭表示了解：「師父，我也想學。」

悔智和尚翹起眉毛，覺得有趣：「學什麼？」

「學師父對付鬼魂的本領。」

悔智和尚笑著說：「師父的本領你自然要學，但是你要知道，很多事情單靠自己是無法行事的！」

就算疲累，悔智和尚看見盛華俏願意向學，內心仍然湧上了一股欣慰之情。

小學開學的第一天，盛華俏才剛踏入尾牆國小校園，便毫不客氣把他眼中所見的黑影一一驅逐出校園。這總共耗時半天的時間，也讓他從開學第一天便成為班導師梁祐賢的「關懷對象」。

只是盛華俏的實力還是稍嫌不足，雖然有著恫嚇的效果，但那些黑影很快便回到校園裡四處遊蕩，頂多避開他的視線罷了，雖然他心有不甘，但也只好把範圍縮小到教室內外。

班導師梁祐賢對於盛華俏的聰穎是讚賞的，但對於他那根深柢固的信仰背景卻惹人醒目，畢竟對他來說「主」的偉大，才是他內心的精神支柱。

當然他不會對一個小孩子，尤其是自己的學生計較，只是當宗教信仰影響了生活，更改變一個小孩的思維與行為時，所造成翹課這種事情，是他無法忽視的。

這天放學後盛華俏在校門口等待著王家寧。如今讓他自豪的是他的身高已經比王家寧高了，只是王家寧的運動鞋底部偏偏又比他厚了一點，結果走在一起還是他顯得矮了一些。

盛華俏打算著下次要買更高一點的運動鞋時，他遠遠瞧見王家寧與她身旁的一位男生有說有笑地走來。

盛華俏就這麼看著他們走出校門口道別，心裡很不是滋味。

「阿俏，阿俏！走吧！」

盛華俏回過神來，趕緊跟上王家寧的腳步：「剛剛你旁邊那個男生是誰啊？」

「同學。」

「喔……」盛華俏又問：「同班同學？」

「不然呢？」王家寧困惑地看著盛華俏：「你問得很奇怪。」

「哈哈，沒有啦。」盛華俏抓抓頭，便不再多說什麼了。

尾牆國小的位置在尾牆的最南端，相較位於在尾牆中心的幼稚園，盛華俏與王家寧走回老祖廟的路程就多了一段，大約是十五分鐘的時間。

路途中，盛華俏的背後傳來「啪」的聲響，他回頭看，發現是容瑜送給他的比翼龍吊飾鬆脫了，他馬上撿起來重新綁在背包的拉鍊上。

綁好後，盛華俏抬頭看見王家寧慘白的表情，疑惑地問：「怎麼了嗎？」

王家寧驚魂未定地說：「你剛剛在幹嘛？」

「我的吊飾掉落在地上，撿起來綁回去啊。」

「沒有啊！沒有吊飾！」

「什麼？」盛華俏拿著他背包上的比翼龍造型的吊飾說：「這個。」

「你手上沒東西。」

「……」盛華俏剎那間似乎明白了什麼，他不發一語地拉著王家寧的手走著。

「沒事啦。」盛華俏傻笑地說：「我開玩笑的。」

王家寧信以為真，吐了一口氣：「嚇死我了。」

自從黃麂精與鯪鯉怪來訪後，老祖廟至今意外的風平浪靜，但在保生大帝的令下，飛嚴與走弼不敢大意的嚴加看守，且在尾牆境內的外五營加強了兵將巡邏。

盛華俏與王家寧正有說有笑的走過廟前廣場，飛嚴卻察覺有異：「盛華俏的氣息不太正常。」

「不，是他後頭有問題。」走弼奮力將手中鎮煞戟擲向盛華俏後方的天空，劃出一道黑色光影，卻隨即在空中消失不見。

隨後一團紫色人影出現在老祖廟上空，濃厚的妖氣四散，宛如一場突如其來的紫色濃霧，肆無忌憚的壟罩老祖廟周遭。鎮煞戟在紫色人影腳下旋轉著，緩緩的降落到走弼手上。

「二位有禮了。」紫色人影拱手作揖：「在下不過湊巧路過，絕無冒犯之意。」

「既然如此，那便請回吧。」飛嚴說。

「哈！」紫色人影輕笑一聲，並未就此離去：「試問，那娃兒是否和貴府有著淵源？」

「他乃是廟中住持之徒。」

「喔！」紫色人影沉思片刻後，又說：「不瞞兩位，那娃兒隱蔽的氣息，著實讓我心生好奇。」

「無可奉告！」走弼毫不客氣地說：「此地乃是保生大帝管轄之所在，若不離去莫怪我二神動武！」

「嘿嘿！」紫色人影一派輕鬆：「行！那在下便不再叨擾。」眨眼間妖氣已從老祖廟消失。飛嚴與走弼面面相覷，在這樣龐大妖氣下的實力不禁讓祂們自忖，就算聯手也未必占得上風。

悔智和尚在禪房裡感受到這股妖氣的存在，即便打坐定心卻依舊感到頭暈目眩、喘不過氣來，在他生平從未見過這等事情發生，雖然他未畫符開眼觀看，但他知道來者絕對非同小可，所幸這股妖氣盤旋的並沒有太久，很快便消散不見。他惶惶不安地來到正殿前擲筊落地好幾回，卻沒有得到老祖的答覆。

悔智和尚心想，究竟這非人的狀況也不是他能夠完全理解與處理的。老祖不願告知，也許自有祂的原因吧。

只是隱隱約約，悔智和尚打從內心感受到一股山雨欲來的徬徨。經過多年前那驚天動地的一晚，至今仍宛如昨日般難忘，尤其那也是尾牆抗爭以來衝突最劇烈的一天。

事發之後，留下了太多的困惑，悔智和尚雖然也數次在老祖面前擲筊詢問，然而老祖卻也不願解答，他心裡知道是老祖不願意多說。即使這件事情是在老祖廟前發生，但多年過去卻彷彿置身事外，就不過只是個旁觀者罷了！

這些日子來悔智和尚內心早已深信不疑，盛華俏必牽扯其中。他感慨因果關係的造就，不論是為人師表，或是他將盛華俏如同親人般看待，都無法眼睜睜地看著盛華俏一人承擔災厄到來。就算這是命中注定之事，也要盡其所能的去維護他，並且向老祖祈求保佑。

直到傍晚盛華俏回到老祖廟裡，悔智和尚看見盛華俏渾身散發著一股他從未見過的氣息，混雜著曾經出現幾次的穢氣。他知道事有蹊蹺，二話不說便掏出兩張符咒燃燒，一如以往地繞著盛華俏周身，但這次卻沒有任何效果。

在悔智和尚的細問之下，盛華俏不得不說出今天放學後所發生的事。

「吊飾還在這兒嗎？」悔智和尚拿起盛華俏的背包問。

「還在。」盛華俏指著拉鍊處。悔智和尚輕碰拉鍊之下，手掌傳來一股冰涼感。

「這是屬陰之物，為何那位容瑜要將此物交付於你？」然而這又跟盛華俏身上的氣息與穢氣有何關聯？

「師父，她是一位漂亮又溫柔的姐姐，是不會害我的。」

「華俏，防人之心不可無。這件事情師父也無法斷定，看來還是要詢問老祖。」但眼下讓悔智和尚擔憂的還是盛華俏身上那股不知名的氣息。

盛華俏這一身無法除去的氣息正源源不絕的散發著，更成了有心之人嗅出他們所要找尋的目標。而那群當年在獬豸的致命一擊下有幸逃離的精與妖等待了多年，此時正帶領著支持牠們的妖界兵將，一路引領前往老祖廟而來，準備一討當年之仇。牠們更立下誓言，這次若不成功，那便成仁！

深夜之中正睡得香甜的盛華俏，被窗櫺外的呼喚聲驚醒，他往窗外定睛一看，居然是容瑜在外面叫著他！

盛華俏連忙起身躡手躡腳地走出寢室、穿過禪房，往老祖廟側門而去。容瑜正站在側門外探頭，一臉著急地揮手：「盛華俏快來！快來！」

「姐姐，好久不見，你都去哪兒了？」盛華俏走出側門，一臉睡眼惺忪地說。

「姐姐之後再跟你說，這個趕緊戴上。」容瑜將手中一條散發青藍色光芒的水晶菱形項鍊繞過盛華俏的脖子，項鍊瞬間黯淡下來，盛華俏只感到脖子一陣冰涼。

「不可！」一張符咒伴隨著火花從老祖廟側門內射出，容瑜急忙閃身躲開，項鍊自然尚未戴上，她氣急敗壞地說：「老和尚，你別瞎鬧了！」

悔智和尚從側門走出，手上捏著兩張符咒怒目而視：「看來妳便是容瑜姑娘了，為何要在盛華俏身上放置如此至陰之物？」

「說來話長，但我沒有惡意。」

「瞧妳似鬼非鬼，想必盛華俏身上的穢氣也來自於妳了。」

「隨便你怎麼講，但是現在情況危急，能不能先讓我替盛華俏戴上這個再說。」

盛華俏在一旁說：「師父，你就先讓我戴上吧！」

「萬萬不可！姑娘，你再不離去別怪我不客氣了！」

容瑜在心裡琢磨，在這樣下去可就來不及了，她當機立斷：「對不起了！」身後隨即竄出三條潔白狐狸尾，迅雷不及掩耳的往悔智和尚迎面撲來，悔智和尚急忙揮出手中符咒，白狐狸尾剎那間被火焰吞噬，然而盛華俏與容瑜早已不見蹤影。

「哎呀！」悔智和尚懊惱地畫下尋引符後，一道金光射出。他不得不回到禪房裡，雖然以他的年齡這麼做有著十分的風險，但如今更沒有其他法子了。他打坐後畫符燃燒，強行入定引出自己的靈魂出竅，隨即一路追尋上去。

容瑜正抱著盛華俏飛奔。她感受到不遠處有一股強大的妖氣，混雜著各種氣息逐漸逼近，眼下只能先避開再說。

四周的景象在盛華俏眼中飛快地倒退著，他絲毫沒有意識到危險在前，仍然開心地歡呼：「哇！姐姐妳好厲害！可以教我嗎？」

「噓！你先別出聲。」容瑜來到煉油廠周遭的環形公園裡，她縱身一躍到一棵樟樹上，連忙替盛華俏戴上項鍊，逐漸黯淡的菱形水晶，象徵盛華俏身上那股氣息再度被隱蔽起來。

雖然不及細想，容瑜至今仍是困惑，她給予盛華俏的比翼龍造型吊飾為何就這麼失效了？以她的獨一無二的手藝與法門，除非是強力的破壞之外，絕不可能輕易的就解除掉已經強加於盛華俏身上的調氣之甲。

然而在破壞之前，又是怎麼被發現的？除了瞎子摸象、亂槍打鳥外，容瑜還真的找不出其他可能。

「暫且沒事了，姐姐先帶妳到遠一點的地方。」容瑜抱著盛華俏起身繼續飛奔，心想如今只能先離開尾牆，才能脫離險境了。

容瑜正打算一路在環型公園的掩蔽之下，前往煉油廠北門而出，再越過泉鹿山後離開尾牆。沒想到煉油廠北門外卻已經被數十名妖兵盤據，正與巡邏經過的神兵叫陣，妖兵個個戴著鋼盔鱗甲、手持長槍，容瑜正考慮是否強行出去時，後頭兩道符咒已至。

在不假思索下，容瑜急忙舉起手阻擋，轉眼間她右手已經受創，瞬間失去了知覺。她忍著痛轉身再跑，適才那當下，若是她出手回擊或是閃身避開都不可行，在妖兵之前勢必會引來注意，若是任何一個妖將前來，她可沒把握能夠阻擋匹敵。

只是……容瑜心想那悔智和尚怎麼那麼愚昧不自知啊！

容瑜氣得破口大罵：「死和尚！臭和尚！笨和尚！蠢和尚！」

「姐姐？」盛華俏完全不知道剛才發生了什麼事。

「沒事。」然而容瑜卻已經止步。

悔智和尚的靈體已經在前攔阻，他容貌年輕許多，披著簑衣、身穿素色亞麻衣褲，拉起衣袖、挽起褲腿，手上持著一把拂塵。盛華俏看著，只覺得似曾相識。

「哦！」容瑜心想，這和尚的本靈倒是不差。

「妖狐！帶著妖兵精怪在尾牆裡作亂，妳此番用意何在？」

「多虧你還能注意到那些，笨和尚。」

「不可放肆！」悔智和尚舉起拂塵便想揮下，但容瑜正抱著盛華俏，只得作罷：「放下盛華俏，饒妳一命。」

此時盛華俏說：「容瑜姐姐不要聽他的，我不認識他。」

悔智和尚一愣，心想自己現在這副模樣，的確是與肉體相差甚遠，只是再這樣僵持不下，肉體恐怕會承受不住。

「你說，我是妖狐？」容瑜身後三條白狐狸尾再現，又說：「把我跟妖狐淪為一談，你是不是眼拙了？」容瑜忍不住再罵：「傻和尚！」

「妳……」悔智和尚此時才發覺，眼前這三尾白狐狸的確不帶妖氣，而是帶著修行的……半神？

「看清楚了吧！」

然而為時已晚，一支黑羽箭破空而至，直往盛華俏而來，悔智和尚急忙上前用拂塵擋下。

「終於又相見了……狰豸。」無數的精怪與妖怪嘻嘻哈哈的逐漸聚集過來，彷彿正等著一場好戲上演、一場復仇的戲。

「狰豸？這裡沒有這號人物喔。」容瑜僵著笑說。

「是嗎？」隨著聲音一股龐大妖氣逼近，悔智和尚馬上便認出，這是今日下午出現在老祖廟前的妖。

依舊是紫色人影出現在上空，容瑜暗自大感不妙，眼前這妖的級別不同一般，顯然實力強大，這下要與盛華俏全身而退可能難上加難了。

「當然啊！你們圍著一男一女還有一個小孩子，說要找狰豸，會不會太搞笑了？」

「哈，既然人就在此，我何不嘗一試？」紫色人影語畢，如風的速度逼近盛華俏，容瑜還來不及反應，牠的手掌已經壓在盛華俏的背上，剛才戴上的水晶項鍊瞬間應聲碎裂，牠再度回到了上空。

隨著盛華俏氣息四散，周圍紛紛傳來驚呼：「這的確就是狰豸啊！」

容瑜不敢置信她辛苦做成的法器就這麼被破壞掉，她激動地說：「你是怎麼做到的？」以她的修行功力，在那紫影妖的實力下顯得不堪一擊，實在讓她無法接受！好歹她也是個半神啊！

「哈！」紫色人影輕笑：「面對這區區三流之物，有何難？」

適才紫影妖將自己雄厚的妖氣強行灌入盛華俏體內，之後再往外突破，絲毫不費工夫。這也是牠最瞧不起神的地方，總是愛裝模作樣之下，卻沒有半點實力存在。

紫影妖看著盛華俏東張西望的模樣，彷彿不知道發生了什麼事，牠好奇地說：「這娃兒是否尚未開眼？」

「管他如何，殺了他替我們報仇吧！」

「是啊！給他一個痛快！」

「動手吧！」

在精與妖的吆喝聲中，紫影妖舉起手示意：「不急不急，就這麼便宜了事，未免也太不尊重這上古神獸了吧。」

獬豸殺與不殺，對紫影妖來講一點也不重要，更何況現今已是囊中之物，何不以拖待變？

畢竟事態還沒來到牠所理想的局面，在妖界中身為主戰派的一員大將兼策士，這次會主導參與這場紛爭，便是牠早就看出有機可乘。若是得逞，也許妖界未來將有一番新局面，那可是多少同袍所悉心盼望的？這一切在牠滿懷抱負之下只能怪罪於和平。

妖界和平的日子太久了。

身為妖界的一份子，有多少妖都快忘了自己的本分、喪失了本能？

只是身處妖王的底下，牠們的行動早就處處受限，被視為眼中釘的牠們，好不容易有這樣的機會是多麼難得啊！

此時此刻，紫影妖等待的便是老祖廟的神兵神將到來。當然在此之前，就是盡情的將事情進一步鬧大！

被強行灌入妖氣的盛華俏此時內心焦躁不安，他放眼望去四周陷入一片漆黑，黑得他伸手不見五指，只有一片光影在遠方閃爍著，宛如一台電視機在那兒播映，他好奇想看個清楚，心念一動彷彿光影距離自己更近了一些。

然而隨著越靠近光影，盛華俏逐漸迷失了自己，他忘掉了一切的存在，超脫在一份情懷之中，那屬於似曾相似的自己……

「不可以！如果祢這麼做就沒有回頭路了！」容瑜的聲音傳入耳裡，瞬間將盛華俏拉回現實當中，須臾之間周圍的景象豁然開朗，煞是讓他感到驚恐！無數奇形怪異的形體帶著乖戾之氣，虎視眈眈地盯著他，距離自己最近的紫影妖更讓他充滿壓迫感。

「若是我，何懼之有？」在盛華俏的內心裡響起這聲音後，一股灼熱感隱沒在他心口之中，隨即消失不見。

容瑜似乎鬆了口氣，她暗忖，雖然很想再見祢一面，但如果祢出來後就再也沒有任何意義了不是嗎？我寧可保全眼前這孩子，讓他替祢完成祢的未竟之事。

然而在時間的壓力之下，悔智和尚感受到自己靈力已經逐漸流失，他只能不得不為，左手法指結印、手中拂塵捲起了一絲一塵埃的境界，無數細絲傾瀉著黃光，挾帶著源源不絕的靈力往紫影妖掃下。

「好啊！」紫影妖興起了戰意，雙手化出帶著黑褐色斑點的棕色雙拐，交叉於胸前正面接下悔智和尚奮力的一擊。

刺眼的光芒在彼此交鋒下曇花一現的爆開，悔智和尚顫抖著雙手直視眼前的妖，靈力已瀕臨枯竭，紫影妖不放過這一絲機會，雙拐妖氣凝結，隨著拂塵落下順勢憑空翻身往悔智和尚劈下。

剎那間悔智和尚的靈體裂成三截，狼狽地跌落在地。他用拂塵支撐著地面，使盡全身氣力想再度站起，紫影妖卻不給任何機會。

「到此為止了。」紫影妖單拐射出，直往悔智和尚頭顱而來。

悔智和尚閉上雙眼，祈求老祖再給他一次機會，他不甘願就此結束啊……

「聲聲鳥語啼不完，嗤嗤百病急開方，唯誰糜爛。」

「要開打，便開打，仙官出策聖者開斬，誰要攔？」

保生大帝座下兩位護法江仙官、張聖者帶領著外五營北營黑旗五狄軍、中營黃旗三秦軍駕到！

在環形公園裡，身上有著白色斑紋的青眼黑虎口中叼著棕色單拐左跳右竄，逢妖便敲落。

妖兵紛紛左閃右躲，早就亂成一團四處逃竄，黑虎鼻孔噴出白色氣息，似乎覺得好玩到處追逐著。

紫影妖冷冷地看著眼前兩位神官，對於身後那些烏合之眾牠根本不屑一顧。

「北營連元帥與中壇元帥何故未到？」江仙官倫已溫文儒雅，身穿一品仙鶴補服。祂看著黑虎樂陶陶的模樣，無可奈何地問。

「報！」黑旗五狄軍與黃旗三秦軍中各走出一名小將低頭抱拳、單膝跪地。

「連元帥奉保生大帝令夥同外三營掃蕩。」

「中壇元帥奉保生大帝令夥同外三營掃蕩。」

「好啊！」張聖者理兮放蕩不羈，身穿二品獅子補服。祂大笑：「看來黑虎將軍要領頭衝鋒陷陣了。」

黑虎停下動作，對理兮的一番話頗有認同，祂大嘴一張便把單拐吞入嘴中，咀嚼幾下後縱身一躍來到紫影妖前方臥坐，青眼怒目而視。

「久候多時。」紫影妖側身單手一揮，妖兵迅速重整旗鼓、集結成隊。各方精怪則以牠為中心圍成半圓。

「報上名來。」倫巳翻開手中簿冊，提筆寫著。

「保生大帝門下果然兵多將廣，今日我乃以妖界之名來此討個公理。」紫影妖手指著容瑜抱著的盛華俏說：「此娃兒當場伏法，五千妖兵精怪就此撤退！」

「放屁！」理兮扯著嗓子說：「適才你將我悔智住持殺個生死不明，又該怎麼講？」

「那大可與我一決高下！」

「我呸！」理兮怒罵：「你又何嘗不就地伏法？」

黑虎將軍開口露出獠牙，表示同意。

紫影妖心想，這張聖者莽夫模樣，沒想到是一副據理力爭的個性。牠眼見對方聲勢浩大，正中下懷，五千妖兵若能死傷過半，那麼……

牠憑藉著一股妖氣往上空傳遞，就等著牠令下，大戰一觸即發。

「等等！」倫巳挽起官袍單腳蹭地，身形直飛上天，祂環顧敵方兵將喊道：「此地乃是東礁宮保生大帝管轄！奉保生大帝令，各方精怪修行難得，若願就此散去便不再追究，妖界妖兵不明就理者可棄械不殺。」

倫巳語畢，紫影妖後方便有零星人馬紛紛鬆動，然而牠立刻棲身上前斬殺幾名棄械妖兵，殺雞儆猴之下，牠隨即一聲令下，以神妖為主的雙方大軍展開交戰！

黑虎將軍樂得開心，如理兮所說一馬當先，飛奔至妖兵隊伍中張開虎口吞下一名妖兵，再度縱身對準下一名妖兵吞下，不停地大吃特吃，吃得祂心花怒放。

黑虎將軍帥氣的姿態讓盛華俏深感著迷，適才驚恐早已忘得一乾二淨。他不禁直呼：

「黑虎將軍好帥啊！」

容瑜心中五味雜陳，一方面擔憂老和尚的情況，另一方面又身陷在此，雖然那紫影妖未將她與盛華俏放在眼裡，似乎另有打算，正好讓她鬆了口氣。但……但當年的精與妖自然是往盛華俏索命而來。

容瑜霎時間便被團團包圍住，抵禦著四面八方而來的攻擊，然而她要保護著盛華俏，再加上敵手實在太多，交手幾回後她便渾身是傷。盛華俏儘管未受到傷害，卻也嚇得眼眶濕潤、啜泣不已。眼看要招架不住時，黑虎從天而降，嚇得精怪、妖怪紛紛彈開。

畢竟被祂一咬，可不是鬧著玩的。

「滾蛋。」黑虎聲音尖銳地說。

盛華俏在容瑜手中晃得暈頭轉向，聽見黑虎開口出聲，一把鼻涕一把眼淚地說：「黑虎將軍祢……祢會講話！」

黑虎鼻孔噴出氣，抬頭傲然地說：「廢話。」

「謝謝……」容瑜氣喘吁吁，轉身便抱著盛華俏往老祖廟的方向而去，身後再也沒有追兵。

等到神兵將這群精怪與妖怪制住後，黑虎來到倫巳身旁。

倫巳心神領會：「此事今日若不作個了結，後患無窮。」但眼看那紫影妖的態度避而不願交手，四處擊殺我方兵馬，有何用意？

理兮氣得大聲嚷嚷：「膽小！怯戰！」

「那紫影妖肯定另有所圖！」倫巳明白來者不善，當下便決定與理兮、黑虎一同前去攔阻合擊。

紫影妖來無影、去無蹤，重新幻化出的雙拐毫不留情的斬殺，轉眼間已有百名神兵滅亡。這絕對是保生大帝最為憤慨的一日，如此嗜血的妖孽實為禍害！

倫巳三神追趕而上，黑虎當先往紫影妖手臂一咬，入口的妖氣濃得祂口中酥麻，急忙鬆口以爪攻擊，紫影妖以拐抵擋，黑虎被震飛三尺，緊接倫巳手持七星寶劍斬落，紫影妖側身避開，轉身雙拐攻擊理兮。

三神一妖一時間陷入混戰，倫巳三神卻不由得心驚，原來這紫影妖的實力如此非凡。

紫影妖此時一點也不想戀戰，牠的目的便是無止盡的傷亡擴大再擴大，之後的安排自然由同袍接手，將這一場神妖混戰塑造成神妖兩界彼此共憤、互相指責的大事件。

孰是孰非就在訊息飛散的渲染下成了定局。

紫影妖內心雀躍不已，距離牠的理想終於邁出了第一步！

在兩名神兵攙扶之下，悔智和尚回到老祖廟裡的禪房，軀體前擺著兩顆白色藥丸，他點頭向兩位神兵致謝，也感謝老祖的恩賜，在靈體歸位之前他便將藥丸放入口中。

雙眼睜開，四周一片寧靜，唯獨外頭燃燒塔傳來的轟隆聲。悔智和尚心頭絞痛，咳出一灘血來，立即閉氣凝神先行調氣。留著這一口氣在已是萬幸，靈體受損的風險之大，些微的毀壞便會對肉體造成非死即傷的影響，更何況他的靈體裂成了三截……

悔智和尚暗自祈求：「老祖在上，弟子雖不該再貪求，但憑弟子一生奉獻只望再請求……盛華俏平安無事。」

殘敗傷亡的妖兵一一化成混沌黑影往東北角飛去。身為妖的牠們此時有兩種選擇，一是去進行附體，從中獲取精氣而重生，當然凡人自然是最好的宿主；二便是尋求妖氣灌注使自己死灰復燃，雖然功力大不如前，但也比前者迅速且沒有風險。

這也是為什麼眾多的妖兵紛紛往東北角而去，那兒正是前往妖界的通道之處，而能夠給予源源妖氣的當然只有妖界裡的仲裁者妖中之王了。

雖然給與不給是另外一回事。

在靜謐的東北角，直往妖界的混沌通道裡，隱隱約約中有了些許影子，這是一支隊伍，隊伍前方黑底白字的「聞」字旗隨風飄盪，從頭數來恰好七十七面，隨後一名將軍人物渾身青綠，精壯的上半身赤裸且穿著一條粉紅色牛仔褲，騎著一隻閉著眼睛、渾身透著血光的妖鳥，在離地面五尺的高度向前飛行著，緊跟前方旗幟。

將軍過後，是一批帶著各式刑具的妖僕，每一位妖僕穿著雍容華貴、不失禮節，然而各個卻都面無表情，而在最後兩位妖僕手持鐵鍊，一路拉著剛才敗亡的黑影妖兵。

無數傷亡的妖兵接踵而來，飛越過鐵鍊妖僕後來到一名徒步、手持木杖、一身西裝筆挺且面容俊俏的男子上空盤旋著。

妖界裡流傳著一句話：「聞聞字到，影影不飄。」

這位便是身居妖界宰輔，也是妖王的教師聞樂，敕封聞凌君！

「報！」一字報之聲從遠方傳來，悠長悅耳的使人受蠱惑，猶如一隻小蟲鑽進耳裡、穿進腦海中，不論神妖都感到後腦勺一陣刺痛。

妖兵妖將紛紛丟下武器單膝跪地，似乎等待著誰來到，唯獨少部分兵將向外靠攏。倫已見狀立刻傳下軍令，退出戰區。

紫影妖焦躁地想著，是誰在這時候出來攪局？直到第一面「聞」字旗出現時，牠頓時臉色大變，身形一晃便往反方向離去，電火行空的速度卻還是被攔了下來。

「下去！」一聲咆嘯，青綠色的拳頭往紫影妖臉上打下，紫影妖發出痛苦的哀號，全身剎那間失去知覺，無法控制的往地面飛去，硬生生的在地面上撞出一大凹洞。

凹洞裡，紫影妖原形畢露，一身黃毛透露褐色斑紋，鬣狗般的臉面佈滿獠牙，細長的四肢長著倒刺，連靠近都是一種危險。

透著血光的妖鳥依舊閉著眼，一身青綠的妖將面無表情的坐在上方，隨著「聞」字旗第七十七面旗幟豎立在兩端後，牠宛如尚未來到似的緩緩穿過兩旁飄揚的大旗而來。然而眼見最外圍的妖兵妖將並未跪下，牠絲毫不客氣的再度縱身而起，直往天際飛去，在月光下成了細微的黑點後，翻身帶著拳頭俯衝直下，毫不客氣的往牠們而來。

沒有什麼反應的時間，一拳之下盡是粉身碎骨。

猖狂的力道讓在遠處觀看的倫已皺起眉頭，祂可一點也不想與牠交手。

黑虎與理兮彷彿也心神領會，相互對望著點頭。

君未到，聲先至：「斑鬣妖棧戾私自作亂，廢去功力、貶為妖奴三百年，以儆效尤。」

全身已不能動彈的紫影妖棧戾聽聞放聲大笑，卻又不甘願地落下眼淚來。

「可恨啊！」棧戾恨的是不能自我了斷、恨的是在這最後卻落得如此下場，牠哪來的臉面回到妖界去見同袍？

兩名妖僕上前，左右各持一支鐵鉤分別打入棧戾的肩胛骨，拉上帶走。

「聞」字旗再度移動返回，倫已三神對妖界也是所知甚少，妖界的風俗有別於神界，這當下看得入迷，就連聞凌君已到身旁也絲毫未察覺。

黑虎將軍的鼻息傳來一股刺痛，祂轉頭一瞧不禁罵了出來：「媽的。」

聞凌君呵呵笑地蹲在黑虎身旁，充滿興趣地端詳著祂：「這隻黑虎真可愛啊！」

倫已與理兮嚇出一身冷汗，紛紛化出武器，擺出架式。

「哎，別緊張。」聞凌君揮揮手，笑著說：「這次我妖族叛將作亂，希望貴方多擔待。」

「這……在下會替你轉達我主公。」倫已神色緊張地說。

「那麼此事我就在此作個了結，從今往後尾牆境內無妖而入！」聞凌君開心地說：「後續若有事情需要商討，可派信使至妖界，也歡迎來作客。」

黑虎心想：「免了吧！」

聞凌君離去之前，好奇試問：「小黑虎祢有沒有想要分靈來妖界呀？」

黑虎不假思索地回答：「沒有。」

「呵呵，要的話可以來找我喔！」聞凌君露出燦爛的笑容。

容瑜帶著盛華俏回到了老祖廟裡，一名神兵奉上丹藥，容瑜謝過後吞下。

盛華俏早已不敵睡意，容瑜將他抱至寢室後，回到禪房。

禪房裡，悔智和尚臉色慘白。容瑜在門邊調氣遊走周身一輪後，身上的損傷已復原無礙，心想不愧是醫神，一顆丹藥就可比祂三日的修養生息。

容瑜看著悔智和尚，嘀咕著：「這和尚是死是活？」但看悔智和尚毫無反應，自己也順著體內剩餘的藥力繼續調氣生息。

一段時間後，容瑜感受到大批神兵與神將回歸，想必戰事已經告一段落，盛華俏已無安危，心想差不多該離開了。

只是悔智和尚依舊坐在那裡，容瑜於是出聲：「老和尚？」

悔智和尚眉頭鬆動，緩緩睜開了眼，他苦笑說：「若非姑娘出聲，否則我還深陷彌留。」

容瑜感到難過地搖頭：「當時看你靈體受損的狀況，心裡早就有數，現在真想罵你一句不自量力！」

「多虧老祖賜藥，讓我好歹能交代個後事罷了。」悔智和尚看著熟睡的盛華俏，心裡如釋重負：「平安沒事實在是太好了。」

「你可知道他今夜為何會成為眾矢之的？」

「猜著了幾分。」

「因果循環，種下了這份因，自然迎來這個果。」容瑜又說：「然而你又為了什麼？」

一陣咳嗽讓悔智和尚差點喘不過氣來，容瑜過去拍了拍他的背，順勢送上一點靈力，悔智和尚點頭表示謝意。

「可否請姑娘幫我將木頭櫃上的鐵盒拿來。」

容瑜將鐵盒交付於悔智和尚，他打開鐵盒，顫抖的雙手依序將盒內物品拿出。

「華俏是個孤兒……我想此事他也多少心裡有數。」悔智和尚說：「他父母並沒留下什麼給他，唯獨金鎖片與五十萬現金，這些在他成年之際便可自行取出。」

「和尚你為何要跟我說這些？」

「我若不在人世間，他會遭逢什麼變故不得而知……沒了我的老祖廟，盛華俏難免也少了一層保護。」

「保生大帝總不會視而不見吧？再說還有祂那些神官神將啊。」

「姑娘，可見祢涉世未深，人心的曲直可比險惡啊！」

「我的確涉世未深，看我容貌便知。」

「題外一問，姑娘道行？」

「不過一百五十年而已。」

「那我稱妳為姑娘自是不敬……」容瑜打斷說：「無妨。」心想這和尚還真是的，這時候在計較這個。

「那……姑娘可否看在情分上，以後多給予華俏幫助？」

「自然，只是你知道外神本就不該干涉過多。」

「是，總之我先在此謝過。」

「還有嗎？」

悔智和尚搖頭：「講得再多，還是得看他的造化了。」他雙眼緊閉：「只是，能否撐到天亮呢？至少讓我再給老祖拜個早鐘吧。」

天空魚肚白，一如往常在麻雀的吱吱喳喳中，老祖廟早鐘響起，餘音迴盪在尾牆的天空。只是今日敲響的已不再是悔智住持。

清晨四點五十分，悔智和尚在禪房裡撒手歸去。

（九）

在這口耳相傳的夜晚裡，天空星火點點，百年難得一見的雲瀑如一層薄紗般從泉鹿山上傾瀉而下，在燃燒塔的火光照映下渲染成一抹楓紅，流淌至東礁宮上空翻騰攪動。若是沉浸在這絕美景色之中，偶爾還會聽見這雲霧裡傳來萬人之勢的齊聲吶喊，亦或是伴隨著甲冑摩擦聲的肅殺之氣，雖然會讓人感到驚愕與疑懼，卻又捨不得就此轉移了視線。

於是當眾人知道這個夜晚裡是悔智和尚沉寂之日時，紛紛稱作這是老祖廟東礁宮老住持殞落的異象。

殊不知這奇景裡除了少部分的霧氣之外，絕大多數盡是煉油廠半夜偷偷排放的廢氣罷了。

悔智和尚的喪禮正在尾牆村裡擴大舉辦著，靈堂設置在老祖廟旁的馬路上。在老祖廟裡服務將近七十個年頭，他是尾牆村裡所有老老少少的精神支柱。多少個迷途知返、多少消災解厄，還有許多流傳在老一輩口中的神奇故事的背後，都存在著他的影子。老祖廟東礁宮裡的老住持充滿傳奇的一生，終究也會劃下這個句點，尾牆人的眼中盡是哀戚。

悔智和尚的喪禮由老祖廟委員會經手策辦，主委張清龍除了動用他的手腕張羅之外，更不忘藉此宣傳老祖廟悔智和尚的事跡。他將悔智和尚一生的故事集結成冊出書，更不忘邀請媒體、地方人士、民意代表與友宮交陪廟宇共襄盛舉，參與這場令人悲傷的出殯儀式。

整個喪事流程費用加上大大小小的活動總經費，一共兩千一百餘萬元皆由老祖廟委員會兼各方信徒共同支出。

當然背後自然有人講起閒話，這油水有多少可以撈？

盛華俏面對悔智和尚的逝世顯得不知所措，他一方面為悔智和尚以後都不能在他身邊而感到難過，另一方面是這場喪事的熱鬧程度又輕易的讓他轉移注意力，他只好帶著困惑來到泉鹿山上找半神容瑜。

「姐姐不是跟你講過不可以太常來山裡頭嗎？」容瑜正在大石上修行，聽見盛華俏的呼喊聲後，不得不帶他上來。

「可是姐姐……」盛華俏將他眼中所見到的喪禮與內心的矛盾講給容瑜聽，又說：「我不喜歡他們這樣對師父，而且師父看到也一定會不開心的。」

「那又怎麼樣？你就開心的玩吧。」

盛華俏搖搖頭：「我只想找阿寧玩就好。」

「哦？阿寧？」

「嗯！她是我最好的朋友，而且只有她會關心我。」

「那其他人呢？」

「其他人如果有像師父對我那麼好就好了。」盛華俏眼裡已經噙著淚水。

容瑜不免慌張起來，她可是一點也不擅長面對這種狀況啊！

「哎呀！別哭了！」容瑜連忙擦去盛華俏的眼淚。

「姐姐妳也叫我不要來找妳……」

「沒有！你想來就來好不好？只要我們先做好約定！」

「約定？」

容瑜點點頭：「你想要來山上可以，但是不可以在晚上、不可以沒做完功課，而且要來之前必須先和保生大帝稟告才可以！」

「好！」盛華俏這才露出笑容，他問：「為什麼要跟保生大帝稟告？」

「因為祂才是這裡的老大呀！」

「也是黑虎將軍的老大嗎？」

「當然囉，你也不要為了師父傷心了，姐姐偷偷跟你講，他可是去到好的地方哦！」容瑜語帶保留地說：「搞不好你以後還會見到呢！」

盛華俏眼睛一亮：「真的嗎？」

容瑜聳聳肩：「反正你就不要傷心啦！」

「嗯！我知道了。」

此時此刻在盛華俏心裡種下一顆期待的種子，他相信容瑜不會欺騙他，總有一天會再跟悔智和尚見面的！

回到老祖廟的盛華俏，在響徹雲霄的誦經聲中，他來到了王家寧家裡，興高采烈的要跟她分享一件事。

「這可是我親身經歷、而且超酷、超神奇的故事喔！」盛華俏興致盎然地說。

「可是阿俏……你還好嗎？」王家寧不放心地問。

「沒事的，師父過世雖然我也難過，但是現在好多了！」

「噢！」

「總之呢……」盛華俏開始講起那風聲鶴唳的夜晚裡所發生的一切，王家寧聽得驚呼連連，最後不敢置信地問：「那……師父就是因為這樣過世的？」

「嗯……應該是吧。」盛華俏雖然不懂箇中道理，也不明白悔智和尚為何而死，若干年後才知道那一位披著簑衣、手持拂塵捨身相護的人就是悔智和尚，驚詫之情可想而知。

此時盛華俏突然想到，不知道是否還有機會見到那威猛的黑虎將軍？

悔智和尚即將要出殯火化的這一天，老祖廟前廣場搭設起三排總共長達一公里的接龍帳，提供給來自各地的信徒與尾牆居民進行朝拜。這是尾牆除了煉油廠抗爭以來最為人聲鼎沸的一天，老祖廟周邊除了靈堂以外的道路，沿途都是流動攤販，舉凡撈魚、套圈圈、九宮格等等，更不用說還有應有盡有的各式美食。

這一天盛華俏很早就被叫醒，因為他必須在悔智和尚火化後，捧著骨灰罈安放至靈位，只是他打從心裡排斥做這件事，當然也對張清龍反應過，只是張清龍似乎不能理解他，只覺得他在鬧脾氣。

而且張清龍還說：「你之後就應該要搬去瑞芳阿姨家中住了。」這讓盛華俏打從心裡覺得不舒服。

在禪房裡等待的盛華俏心情鬱悶，外頭的音響二十四小時不間斷的播送佛經，雖然晚上會變得小聲許多，但也已經吵得他好幾日都睡不好，他煩躁地玩弄黃花梨木筆，一陣鼻息聲卻引起了他的注意。

盛華俏尋聲走到衣櫃門外，感到疑惑地側耳緊貼著衣櫃門一聽，裡頭正傳來呼嚕嚕的聲響，他好奇心起卻又有點膽怯之下，他在衣櫃門把上綁著細線後，站在另一頭的床上使勁一拉，衣櫃門應聲而開……裡頭的黑虎正在倒頭大睡。

盛華俏興奮地大喊：「黑虎將軍！」

黑虎一個翻身，雙耳聳動了幾下，繼續睡著。

盛華俏心知不該吵醒黑虎將軍的睡眠，於是他便坐在衣櫃前等著黑虎將軍醒來，順便端詳著祂一身帥氣的體態，隨著呼吸而起伏的身軀以及祂銳利的虎爪，那是多麼的帥氣啊！

多日沒能好好睡上一覺，黑虎難得找到這個地方阻隔了大部分的噪音補個眠，睡得滿足後祂起身打個哈欠，斜眼一看卻被盛華俏嚇得虎尾豎起，劈頭便罵：「看屁！」

「黑虎將軍祢醒了！還記得我嗎？」盛華俏開心地問。

「忘了。」黑虎從衣櫃跳下，頭也不回的離開禪房。

盛華俏趕緊追了上去：「我上次有被祢救耶！」

「本黑虎救得可多了，吃得更多。」

「吃？黑虎將軍祢都吃什麼？」

「不知道啦。」黑虎不想被盛華俏糾纏上，於是便奔跑起來。

神妖之戰後，後續的處理實在太繁多，五營元帥都被保生大帝派往戰區常駐善後，江仙官倫已與張聖者理兮也跟隨著保生大帝上天庭稟報，並且轉達妖界聞凌君的訊息。

畢竟還是要謹慎處理，這可是牽扯到神妖兩界的要事……只是想也沒想到會發生在尾牆這個小村落上。

於是老祖廟這一段時間就只剩下黑虎將軍在駐守，而門神飛嚴與走獅又無法陪祂四處去溜達，祂更不想找上土地公、註生娘娘以及其他配祀的神祉，畢竟祂們現在可是忙得不可開交，而且在祂們眼中黑虎將軍就像寵物般的存在，實在是讓祂悶得發慌又被吵得不得安寧。

黑虎心想，悔智和尚早就被帶往保生大帝門下修行了，真搞不懂那些凡人那麼大張旗鼓做什麼？然而現在又被這個毛小孩纏上…祂最討厭這個毛小孩隱蔽起來的氣息了，簡直是比祂狂妄百倍、千倍，若是一發威起來，我黑虎將軍怎麼能聽命於他？

老祖廟裡頭的香客實在太多，黑虎鑽來竄去還是擺脫不了盛華俏的糾纏，祂心生一計，一路跑往大雄寶殿，心想反正那兒沒什麼人，佛祖也不是隨隨便便就會注意到這種小事，自然不會理會。

「黑虎將軍等等我嘛！」盛華俏一路追趕著黑虎，沿途經過的人紛紛轉頭看著他議論紛紛。

才剛跑進大雄寶殿，黑虎便後悔了，祂沒想到今天居然是悔智和尚的出殯日！

一切已經太遲，黑虎根本來不及阻止，盛華俏一股腦兒地奔跑進來，一個踉蹌跌落在地，發出的聲響讓所有正在為悔智和尚進行誦經的信徒們，一一停下動作轉頭看著盛華俏。

盛華俏倉皇失措，又痛得眼眶泛淚，他環顧四周早就已經不見黑虎將軍的蹤影，只好硬著頭皮走上前，這部經文他最熟悉不過了，他跪拜在佛祖面前擦掉眼淚，翻開了第一頁開始念起。

這是一份充滿渲染力的感動景象，悔智和尚的七歲徒兒居然來到佛祖面前替他誦經迴向！所有人再度跪拜在地，這樣的畫面，就像悔智和尚還在世的時候，用著最虔誠的心替神明服務，無私無悔。

在以訛傳訛之下，大家都知道老祖廟的新住持已經誕生了，那便是老住持的徒弟，華俏住持！

這讓盛華俏連拒絕的機會都沒有。

悔智和尚逝世一年後，盛華俏從原本厭惡上學的日子，變得每天最為期盼的，便是坐在教室裡盯著課本。少了悔智和尚的日子，他每天都在學習獨立自主，即便從小就在老祖廟裡日復一日的生活，但是每天的拜早鐘、上晚課少了悔智和尚的身影，彷彿都變得艱辛許多。

盛華俏也知道還有許多老祖廟裡的事務都需要他的幫忙，因為悔智和尚以前也是這麼做的，也許是他尚年幼，所以張清龍總沒要他參與。

至於是否要他搬去王瑞芳家裡住，盛華俏參加了他人生第一次定期舉辦的老祖廟委員會會議。

老祖廟委員會眾委員裡包括村長王豐榮、自救會會長李春花、在燃燒塔上一戰成名的楊念民與劉懷苓、還有尾牆宋江陣代表江義傑與鄭富吉等尾牆核心人物盡皆與會，盛華俏則坐在悔智和尚原本的座位上，位於主位的右側位置。

會議剛開始，張清龍便問：「華俏啊，上次阿伯有問你搬去瑞芳阿姨家裡，你覺得怎樣？」

「我覺得喔……」盛華俏故作沉思狀，露出苦惱的模樣。對此他其實沒有意見，他討厭的是張清龍那種盛氣凌人的姿態，一副就是要逼他搬出老祖廟似的。

張清龍自然有此用意，在盛華俏還在襁褓時，他就不樂見將他留置於老祖廟中，相較之下安置於相關的收容機構還比較恰當，畢竟老祖廟怎麼可以成為某個「人」的家？如今悔智和尚過世了，自然就更沒必要讓盛華俏住在老祖廟裡。

原本已經成為定局的事情，卻在悔智和尚出殯那天變了調，這讓張清龍氣得牙癢癢的，一個才不到十歲的娃兒憑什麼成為老祖廟東礁宮的新住持？在他的計畫裡，老祖廟的未來是不需要住持的！雖然相較於悔智和尚，他任職主委才將近十個年頭，但他打從心裡體會到神意與人意的絕對衝突。在老祖廟許多的決策當中，身為主委的他往往都得聽命於悔智和尚的決斷。

「盛華俏是不是應該搬出去，我想這件事就先擱置吧，咱們廟裡也不能沒有了住持。」李春花說。

聽見委員會裡唯一讓他有好感的李春花這麼說，盛華俏便出聲附和：「是啊，我還是留下來好了。」

「你讓一個八九歲的孩子住在廟裡，誰要照顧他？」張清龍不滿地說。

「明眼人都知道，這不是個問題。」李春花毫不客氣地說。

「好啊！你一個自救會的管來我們廟裡的事務啦？」

此時身為自救會一員的楊念民說：「自救會在委員會裡也有名分，怎麼就不能管？」他又說：「加上我跟懷苓，三個。」

「當初說好讓你們進來是為了方便協調煉油廠的事，可不是廟裡的事！」

此時江義傑質問：「依照主委的意思，那我們尾牆宋江陣算什麼？」

眼看會議開始才講沒幾句就要吵起來，村長王豐榮連忙緩頰說：「春花的意思是說，華俏平常也都往王瑞芳家裡去，這個大家都知道的事情，自然我們不必太擔心他的生活起居、食衣住行啦。但是主委你講的我們也知道，不到十歲的華俏的確也不能親自主持廟裡的大事，第一他還需要上學，第二對於這些事情他是否熟稔？還有老住持傳授的程度以及老祖是否授意，這些都要另當別論。」王豐榮又說：「但是那天他在佛祖面前的表現，許多人都有目共睹，何不給他試試看呢？也許華俏成年之後，長江後浪推前浪呢！」

盛華俏雖不完全明白其中深意，但看著張清龍爭得面紅耳赤，便覺得有趣的雙手合十，學著悔智和尚時常講的一句話：「阿彌陀佛，老祖保佑。」

王豐榮這話講得大家沒話說，於是盛華俏便繼續住在老祖廟裡了。雖然如此，張清龍從此以盛華俏尚年幼為藉口，舉凡廟裡的法會、大至請神問事，小至寫香火都委外找道士來處理。盛華俏雖未顧及至此，但也樂得輕鬆。

這一天傍晚，盛華俏剛巡視完老祖廟裡的燈火，回到禪房前還特地來到正殿的神桌下與黑虎將軍聊天，雖然盯著神像也無法知道黑虎將軍是否在位置上，但他也只是自顧地說，畢竟他只想拜託一件事：「黑虎將軍祢再出現來陪我啦，我現在都好無聊。」

想當然耳，只是神像的黑虎將軍是毫無反應的，盛華俏只好落寞地回到禪房裡盥洗，正準備入睡時，他聽見外頭傳來爭吵聲。

在老祖廟側門口，容瑜正與門神飛嚴對峙著。

「我怎麼又不能進去啦？我賊是不是？」容瑜怒氣沖沖地說。

「姑娘切莫動怒，規矩如此。」飛嚴說。

「規矩？我都進去幾次了。」容瑜念頭一轉，恍然大悟地說：「哈！原來是祢這門神失職啦！被怪罪了吧？」

「請姑娘諒解！」飛嚴沒有反駁，的確近日才被保生大帝責備門禁鬆散。

「飛嚴！何必多說，若她敢越雷池一步，便將她轟出去！」另一位門神走弼走來，態度輕慢地說。

「好啊！那你們就來轟看看！」容瑜大搖大擺地走向前，此時盛華俏已經出現在側門。
「喂！誰讓祢們在老祖廟放肆？還敢阻擋姐姐？」盛華俏雙手叉腰責問。
飛嚴驚愕地說：「咦？盛華俏祢怎麼看得見我們倆？」
「我就是看得見！姐姐是我的客人，我要她進來。」
飛嚴與走弼這下卻苦惱了，嚴格說來盛華俏的確是住在這裡的，自然有出入的自由，再且他是凡人，身為門神的祂們自然無權去插手干涉，但若是有一位半神來作客……正當他們面面相覷時，盛華俏與容瑜早就已經走進老祖廟裡了。
「華俏，你之前曾經見過那兩位門神嗎？」
「咦？祂們是門神？」盛華俏說：「我沒見過耶。」
「這就奇怪了，你的天眼似乎都不停開開闔闔的，我以為你經過上次的事情後，天眼已經全開了。」
盛華俏也不明瞭：「我也都沒再見過黑虎將軍。」
「也許這應該請保生大帝替你處理。」
「啊！」盛華俏感到興奮：「這樣我就能再看見黑虎將軍對不對？」
容瑜笑著說：「這件事先不急，我們晚點再處理。」她與盛華俏走進禪房後，便將木頭櫃上的鐵盒取下說：「我想這個差不多要給你了。」便示意盛華俏親手打開。
鏽跡斑斑的鐵盒裡頭有一疊符紙，還有兩本書，一本是各式符咒、法器用法詳解，裡頭記載著悔智和尚畢生所學，另一本則是悔智和尚另外替盛華俏所寫的，是關於老祖廟裡大小事務的筆記，比如在每一年當中最重要、農曆年節前的「送神」、大年初一「賀正」祭拜天地眾神、大年初四的「迎神」以及接踵而來的安太歲、各個神明的聖誕、更有不定時舉辦的廟宇科儀，如進香刈火、出巡繞境、種類多樣且繁瑣複雜的「作醮」等等。

這些都是老祖廟的住持必須要通曉且領頭一手包辦的神明事。

容瑜簡單的翻閱後，面有難色地說：「現在要交給你，還是早了一些。」

雖然盛華俏從小耳濡目染，但光是悔智和尚畫好的符咒也只看得懂一兩個樣式，其餘皆一竅不通。

「姐姐，這些我看著就頭痛了。」盛華俏苦惱地說，這使他想起以前和悔智和尚一起晚課的時候。

「不管啦！」容瑜下了結論：「既然是你師父所交代的，那麼你就利用晚課的時間自己加減看吧！」

臨終前悔智和尚就打定了主意，若是在他身後，盛華俏依舊在老祖廟裡居住，便請容瑜找一個恰當的時機將鐵盒交付於盛華俏；但若是搬遷出去了，盛華俏自然是擁有了另外一種的生活以及人生，自然是沒必要去耽誤盛華俏的未來，便把他那一些符咒與兩本書燒毀。

當然這些都是在緣分的前提下，如果還有緣分的話。

「那如果我看不懂怎麼辦？」

「這個不是問題，你自然可以問我……或者問老祖廟裡的其他神明啊！」容瑜看盛華俏愁眉苦臉的模樣，便又說：「反正姐姐負責交給你，剩下的就看你自己的造化啦。」

「造化？」

容瑜眨眨眼：「我們來去見保生大帝。」

盛華俏與容瑜來到了老祖廟正殿，正中間的主神自然是保生大帝，主神左右各別是江仙官與張聖者，而在兩旁配祀的則是註生娘娘與土地公。

才剛來到正殿，容瑜便笑著說：「看來有人已經先替我們通風報信啦！」她雙手插腰，對著保生大帝說：「上次謝謝祢的丹藥了。」

盛華俏看著容瑜這副對空說話的模樣實是滑稽，此時容瑜轉頭對他說：「保生大帝說你年紀還小，要把你的天眼關掉，好不好？」

盛華俏搖搖頭：「不要，我要打開，這樣才能看到黑虎將軍。」

容瑜翻白眼說：「你到底崇拜那隻貓哪裡？」才剛講完，容瑜身形一閃瞬間消失在正殿裡，盛華俏彷彿在耳邊聽見老虎的咆哮聲。

過了幾分鐘，盛華俏仍然沒見著容瑜的身影，正要轉身離去時，他看見主神的位置上出現了一位慈眉善目的神明正在看著他，神明戴著金光閃閃的帝帽、身穿黃錦紅牡丹九龍袍，眼神透出精光，意味深長地微笑著。

「祢是保生大帝嗎？」

「是啊。」保生大帝捻著鬍鬚笑著說。

「那為什麼我看得見祢呢？」

「應該說，為什麼你要看見我呢？」保生大帝右手食指往盛華俏一彈，盛華俏便感到雙眼間傳來一股灼熱感，他下意識閉起眼睛，再度睜開時，保生大帝依舊坐在那兒。

「哎呀！關不掉呢，看來你的好朋友有祂的用意。」保生大帝略為煩惱地說：「可是獬豸啊！我若是尊重祢，祢也可要尊重盛華俏年齡尚小，可別糟蹋了他的童年。」

獬豸？獬豸到底是什麼？盛華俏心想最近可聽見了好多次。

才一眨眼，保生大帝卻已經不見，眼看容瑜也不會回來，盛華俏只好回到禪房裡就寢了。

據說老祖廟裡的黑虎將軍就此長達一個月未歸，保生大帝不得已只好派出中壇元帥去把祂抓回，中壇元帥繞了整個南台灣半圈才發現黑虎的蹤影，祂似乎正在追尋著誰，完全無視中壇元帥的勸說，束手無策之下中壇元帥只好趁著黑虎熟睡時將祂五花大綁，一路拖回老祖廟裡，在回途中黑虎總是不甘願地怒吼著：「臭婆娘！」

（十一）

距離尾牆煉油廠停工剩餘十七年。

盛華俏也已經十一歲了。

這一年尾牆隨著時代的變化，有了一些新的改變，剛過完七十大壽的主委張清龍在晚會的抽獎活動前，與村長王豐榮一同上台宣布，政府將推動泉鹿山周邊與山坡地的開發案，包含BOT、ROT等等各式建案，並且已經獲得煉油廠同意，未來將開放部分煉油廠區提供參觀以活絡觀光，帶動尾牆的在地轉型！

消息一出，泉鹿山周邊地價開始翻倍的飆漲，許多尾牆居民紛紛拋售手中的土地，主要的收購者為官股成分占有四成五的麗河建設公司。

這樣的商業模式下總是會吸引許多投機客，短時間內各路人馬龍蛇混雜的來到尾牆，正等待著一場絢麗的煙火綻放，好讓他們沾光。

許多老一輩的尾牆人為此感到不快，紛紛跑到村長辦公室找王豐榮抱怨，希望尾牆能回到原來的模樣，最讓他們詬病的是各種小吃店林立，常常使得晚上都不得安寧，甚至都不敢讓自己的小孩子在晚上獨自外出了。

王豐榮只好多加安撫，對於這樣的變化他也無能為力，但轉念一想這未嘗不也是一件好事嗎？數十年來飽受環境汙染的尾牆，一直是讓人避之唯恐不及的地方，如今逐漸繁華起來，對於他來說可是一種驕傲。

隨著尾牆逐漸變得熱鬧，王瑞芳也憑藉著自己的好廚藝，在自家已經荒廢許久的農地上蓋起了一間鐵皮搭建的卡拉ＯＫ店，結果卻常常忙得不可開交。王家寧與盛華俏放學後只好來店裡吃飯寫作業，還得幫忙招呼客人，反而待在家裡的時間變少了許多。

結果為此王家寧還生了一場病，原本只是輕微的感冒，卻因為王瑞芳的忽視而引發了肺炎，直到學校的老師察覺不對勁，才趕緊將王家寧送往醫院，在病房裡住了足足三日後，王家寧的病情才逐漸好轉。

這也讓小學六年級的盛華俏，迎接他人生中第一次的叛逆。

「阿俏！你怎麼跑來醫院了？」王家寧早上醒來時一睜開眼睛，便看見盛華俏穿著學校制服坐在床邊的折疊椅子上，手上拿著一個大瓷碗，裡頭裝滿了水。

「沒差啦，我早就想翹課了。」

「你不可以這樣，趕快去學校。」王家寧催促著，但馬上就感到頭暈地閉上眼睛。

「妳這間病房實在是太不乾淨了，我要先處理處理。」盛華俏拿著大瓷碗開始在病房內走動，右手捏著法指沾著碗裡的水到處灑落，口中念念有詞，這些都是昨晚從悔智和尚留給他的書籍裡所看到的除穢之法，今天現學現賣，也不知效果如何？

盛華俏擺弄了許久，覺得有點疲累的回到座位上，對著王家寧比著勝利手勢說：「好啦！看來師父的法子似乎有效。」

王家寧正想說什麼時，病房的門開了，王瑞芳帶著生活用品走進來，她看見盛華俏便生氣地說：「盛華俏！我就知道你在這，趕快給我去上學！」

「我才不要，一天沒去上學又不會怎麼樣。」
「還是你要我非得攆你去？」
「我要留下來陪阿寧。」
「家寧已經沒事了，我來照顧她你不用擔心。」
「阿寧哪裡沒事？她就是因為妳才會變成這樣的！」
王瑞芳頓時火冒三丈：「你講話再這麼沒大沒小，以後我都不准你來吃飯！」
「我講的是實話啦！」盛華俏感到委屈地跑出病房，在醫院裡漫無目的地亂晃，最後坐在走廊盡頭的長椅上。

窗外的陽光照射在盛華俏的身上，一絲暖意滲透他的全身，以他所見這整間醫院就屬於這個地方最舒服了。

放眼望去，到處都有黑影與灰影飄蕩著，盛華俏只記得悔智和尚講過黑影通常代表的是怨靈，至於那些灰影，以他的判斷應該就是普通的鬼魂了吧？

然而看得到這些又如何呢？盛華俏只覺得孤獨而已。平常在學校裡大家都把他當作特異獨行的怪人，即使他的成績總是名列前茅，卻也改變不了老師的偏見。在尾牆這個不大的地方，大家都知道他還有另外一個身分，那便是老祖廟的住持、廟公。

而且在盛華俏學會把整座校園的鬼魂都驅逐出去後，現在連鬼魂也不跟他親近了，除了有求於他的鬼。

只是對於這些有著各種請求的鬼魂，盛華俏也是愛莫能助。自從經過幼稚園曲奇老師的事件後，他便開始討厭與鬼打交道，頂多也只是遵照悔智和尚書本上的建議，將祂們引薦給保生大帝修行，或者送到山上給容瑜收為門下而已。

當然更多的是他無法干涉的，從十一歲的盛華俏口中聽見這句話，便是他飽受同儕冷漠的原因之一：「面對世間上的因果循環，我們只能選擇順應自然。」

以政府為主導的泉鹿山開發案進行的如火如荼，在計劃案之中，預計將泉鹿山體垮下的部分進行整建為可開發的山坡地，並且同時進行水土保持的工作，防止災害的再度發生。而在山腳下目前正在興建的建案有三個，其一是國軍英雄館，它蓋在泉鹿山左側的尾牆溪旁，乍看之下與煉油廠的距離雖然最近，但因為泉鹿山體居中相隔，反倒成了一個依山傍水的好位置。

第二建案便是近年興起的來速國際貨運公司，位置與煉油廠相鄰且地幅廣大，除了總公司將設立於此之外，連以東南亞為主的國際轉運站也將建立於此，想必未來將帶來許多就業機會。

最後則是有著官股成分的麗河建設公司，它除了主導尾牆各地的住宅大樓建案以外，更計畫在泉鹿山上開闢一條能夠南北通往的山路，且將在尾牆路段上興建樂活飯店休憩中心，替未來在山坡地上的建設鋪路。

國軍英雄館、來速國際、麗河建設，這三大勢力同時間入主泉鹿山的開發，李春花終於嗅出一點不尋常的味道，不論這是不是一種商業模式下的巧合，他都會利用他自救會會長的身分，行監督之責，也絕不放過任何的蛛絲馬跡。

只是在這時刻，李春花得知白慈蘭懷孕了，誰都沒想到已經四十歲的白慈蘭還會懷孕。李春花更不相信已經四十八歲的自己，還會有機會當一位父親。

曾經擔任過盛華佾班導師的梁祐賢，現今已經是教務主任。他在學期結束前的假日，與尾牆自救會聯合舉辦了這次三天兩夜的露營活動，並且選擇在泉鹿山已經整建完畢的山坡地上進行。

這次的活動由尾牆自救會成員劉懷苓與楊念民領隊，帶領著將近一百五十位的師生上山。這場露營活動的一切規劃與整備，多虧麗河建設提供的援助，包括營帳、行動式廁所、水源等等，才能順利的如期舉行。

前往露營場地的路途中會先通過煉油廠區內的道路，再走上由麗河建設新修建而成的景觀步道，曾經蜿蜒且雜草叢生的泉鹿山路，如今已不復在。沿途的花草樹木更讓盛華佾充滿陌生感，這一點也不像他所認識的泉鹿山。

「盛華佾！」盛華佾遠遠地便看見容瑜在前方的山頭上吶喊。

盛華佾傻笑回應，若是在這個時候他開心地揮手，肯定會引來異樣眼光。

容瑜在樹林中穿梭著，沒多久就來到盛華佾身旁，與他一同走在路上：「怎麼不理我？」

「剛剛妳太遠了，我說話妳也聽不見啊。」

「傻子，你師父留給你的書本裡不是有傳音之法嗎？」

盛華佾搔搔頭，不好意思地說：「有嗎？我沒看到。」

「可見你有多不認真。」

盛華佾吐了吐舌頭，容瑜則端詳起他身旁的王家寧，好奇地問：「這女孩就是你跟我提過的阿寧啊？」

「對啊！」

容瑜眼神曖昧地說：「青梅竹馬耶。」

盛華俏害臊地笑著，王家寧見狀，困惑地問：「阿俏你在幹嘛？」

「我？沒有啊。」

「你從剛剛就心不在焉的。還笑個不停，看起來很奇怪。」

「我沒露營過，所以很開心啦！」

此時他們經過一座新造的忠烈祠，盛華俏內心感到一絲異樣，正當他想詢問時，容瑜早已不見蹤影，於是便也沒放在心上。

第一次的露營活動在盛華俏眼中是新鮮又有趣的，加上這片山坡地上沒有任何鬼魅，更使他感到快活。

在晚上時刻，學生們圍繞著營火，聽著劉懷苓與楊念民講述著他們當年一舉成名的抗爭事蹟，隨後講到煉油廠對尾牆的危害，以及他們對尾牆未來的憧憬。

這也是李春花安排下的課程，生活在同一片土地上的孩子，若對自己的家鄉沒有任何一丁點的了解那可是不行，這更深具一份傳承的意義，他們的失敗總得有人去接續成功。

雖然李春花自喻失敗，但他仍不會放棄任何一絲的機會。在露營活動第一天的夜晚，他便上山與劉懷苓和楊念民會合，準備調查這一片已經由麗河建設買下的山坡地，據悉麗河將在這裡蓋上名為「樂活村」的自然景觀主題公園。

「春花大哥，我待了一整天，其實沒有感覺到什麼可疑的地方。」楊念民拿著手電筒照著前方的路說。

「是啊，這間麗河公司一聽到我們要舉辦露營還主動聯繫幫忙，也很歡迎我們上山呢。」劉懷苓說。

「他們所做的本來就沒有什麼讓人懷疑之處，我之所以會想先調查這裡的原因，除了它是官股成分的一間公司外，自從麗河來到咱們尾牆後，所執行的開發案都進行得太順利了。」李春花說。

「就是因為是官股公司不是嗎？」楊念民說。

李春花搖頭：「是因為彷彿都安排好了。」

「反正我們就調查看看吧！」劉懷苓雖然不解，但還是相信眼見為憑。

「我們就像瞎子摸象。」楊念民說。

他們在山坡地上放眼望去盡是一片漆黑，李春花三人不走鋪設好的柏油步道，而是改走叢林小路，在夜晚裡更增添幾分危險。

四周寧靜的只剩下他們穿越而過的窸窣聲與逐漸加重的喘息聲，手電筒能見之處還是沒有發現任何引人注目的痕跡。這條山路盡頭是一座平台，他們在此稍作休息，眼看山頭下的尾牆燈火闌珊，就近的燃燒塔上警示燈還閃爍著，置身在此鼻息中都是油臭味。

「味道很重。」楊念民皺著眉頭。

「在油廠旁邊蓋一座自然公園，怎麼想都很奇怪，春花大哥，現在我覺得你講得有道理了。」劉懷苓說。

「但是我們一路上探查下來都沒發現任何蛛絲馬跡，難不成鬼遮眼了？」李春花隨口的無心之話，讓他們三個心頭一震。的確他們所在的這個平台位置根本就不正確，怎麼走那麼久卻還是在面對尾牆的這一側，更不用說剛才他們三人可是往反方向而走。

顯而易見，雖然眼前一切彷彿就近在前，但他們在這山頭裡迷路了。

熟睡中的盛華俏臉頰傳來一陣溫熱濕潤，讓他嚇得起身，心臟撲通撲通地跳，但眼看這不大的帳篷裡什麼都沒有，在這難得沒有鬼魅的地方難不成又有什麼出現了？

盛華俏內心感到厭惡，也不管還在旁邊睡得正香甜的同學，煩躁地大喊：「噁心！」

一個尖銳的聲音說：「你才噁心。」

「黑虎將軍！」盛華俏環顧四周說：「祢在哪裡？」

「在你旁邊啦！」

盛華俏往兩旁看去卻是一片漆黑：「我沒看到祢。」

「隨便，照我的指示走。」

「要去哪？」

「救人。」

李春花三人正準備離開平台，他們走了大約十尺距離，李春花下意識回頭看著這水泥平台，趕緊叫劉懷苓和楊念民稍等。

「這地方不太對勁。」李春花仔細檢視，這水泥平台斑駁碎裂，顯然已經有些年月，那麼當初是做什麼用的？

「這裡有一個鐵梯！」楊念民在平台右側發現一個向下的生鏽鐵梯，他往下看鐵梯之下又有一個如出一轍的水泥平台。

李春花二話不說便往下而去，然而底下的水泥平台與上方的並沒有任何差別，接著他們三人一連通過五個一模一樣的平台，來到最後的平台上時，反而是有著一條沿著山勢的棧道，讓人匪夷所思。

「我在尾牆土生土長，怎麼連泉鹿山上有這些平台與棧道都不知道？」李春花踩上棧道一試，看來還十分穩固。

「還要繼續往前嗎？」劉懷苓看了一眼手錶，已經將近凌晨兩點了。

「探個究竟吧！」

長約五百公尺的棧道，李春花三人很快便來到盡頭，一片雜草叢生的山壁上盡是水泥塗抹的痕跡，看起來像是要趕著完工似的，不知這水泥內覆蓋的是什麼？而那些平台又有什麼作用？

雖然看不出端倪，但至少印證李春花的猜測，不論是當初煉油廠的興建到現今的開發案，這背後肯定有什麼不為人知的事情。

眼看時間已經差不多，再晚一點可能就趕不回去，若是一早發現劉懷苓和楊念民不見蹤影，可是會引起麻煩，李春花三人當即一路往回走，回到上層水泥平台後，卻看見一個人坐在那兒。

「大嫂？」先回到平台的劉懷苓一臉不敢置信地看著眼前的人，居然是李春花的妻子白慈蘭。

白慈蘭露著微笑，她翹著腿、倚著頭看向遠處的尾牆，不發一語。

「阿蘭？妳怎麼在這？」李春花上來平台後充滿訝異，他走了過去緊抓白慈蘭的手，觸感冰冷。

白慈蘭瞧了李春花一眼，原本已經沒什麼血色的臉龐更顯得陰沉，她面惡怒目地說：

「你還敢叫我！」

「怎麼了？妳都有身孕了，為什麼還來這裡？妳是怎麼過來的？」

白慈蘭放聲大笑：「原來妳還念及孩子啊！」她倏然舉起手發狠地往肚子死命捶打，嚇得李春花叫出聲來，連忙抓住她的手。

李春花著急地喊著：「阿蘭！阿蘭妳到底怎麼了？」

白慈蘭哭紅雙眼：「我不知道，你上來坐好嗎？」

「好！好！」李春花趕緊坐上平台。

隨即被白慈蘭一把推落。

李春花還沒反應過來，只感到手腕一陣刺痛，劉懷苓和楊念民紛紛抓著他的手，白慈蘭雙眼通紅地站了起來：「你們為什麼要救他？乾脆也一起去死吧！」她手上拿著一把水果刀，就要往劉懷苓心臟刺落！

「大嫂！」

「阿蘭！」

剎那間李春花三人頓失重心，一股往下掉落的沉重淹沒了他們的意識。

「保生大帝令在此，魔心邪念速回頭！」黑虎將軍抑揚頓挫地喊著，接著轉頭對盛華俏說：「喂！跟著我開口唸。」

「為什麼？」

「你唸才有用啦！笨蛋。」

「喔……好。」

「保生大帝令在此，魔心邪念速回頭！」盛華俏舉起法指，對著遠方一道黑氣掃去，一聲哀號傳出，他們趕緊追上。

「來得及了！」黑虎一躍而上至盛華俏肩頭，雖然盛華俏看不見祂，但仍感覺到肩膀突來的重量，抱怨說：「祢下去啦！很重耶。」

「放肆！若不是要帶著你前去，我三兩下就到了，還需要跟著你慢慢來嗎？」

「那也不能趴在我身上。」

「就快到了！趕快！」黑虎催促著，無視盛華俏的抱怨。

水泥平台上，李春花三人倒在地上昏迷不醒，適才被擊中的黑氣在正他們上方翻騰著。黑虎從盛華俏的肩膀跳下，鼻孔噴出一團白霧，不屑地說：「區區地縛靈，保生大帝有意招為門下讓祢解脫，卻為何寧願在此害人？」

地縛靈淒厲哭喊：「虎爺大人在上，我等也是深受其害啊！請幫幫我！」

「所傳是事實？」

「正是，我們曾經是在一場械鬥之下被蓄意殺害的無辜山民，雖然成了地縛靈，但大夥兒也都放下仇恨，選擇一同維護這片山林的安寧。直到幾年前有一位男子自稱是太極星君門下，來到我們這裡宣稱要帶我們修行升天，我們不懷疑有他結果卻落得被操控的下場……」

「那為何只剩祢，其他的靈呢？」

「都已經……已經被那位男子吞噬……」地縛靈聲音倏然轉變為粗糙沙啞且形體大變，一張齜牙裂嘴的臉出現在盛華俏與黑虎面前，祂嘶聲大笑：「哈哈哈。」

「就說不能只派我出來吧，只會欺負我。」黑虎無奈地走至盛華俏前方：「這傢伙還真的成魔了。」

此時盛華俏兩腳卻不聽使喚，眼神彷彿被吸入眼前這一張魔臉的瞳孔裡，任由自己的心智逐漸被掌控，他害怕地跪了下來。

雙膝觸地瞬間，一股力量將他拉抬起身：「莫怕。」

「別插手，我讓他們三人不死。」魔怪說。

「別插手，我給祢一個機會，否則……除魔！」黑虎弓起身，青眼不怒自威。

魔怪愣了一下，隨即往黑虎撲襲而來，黑虎毫不客氣地縱身揮爪，一時之間勁風大作，一魔一神你來我往，黑虎幾次險些被魔怪吞沒，但馬上就突破出來，然而幾次張嘴咬下卻也被魔怪躲開。

「小子！趕緊叫他們三個起來。」黑虎趁著空檔說。

「休想！」魔物往盛華俏而來，馬上就被黑虎擋下：「祢才休想。」

盛華俏跑至李春花三人身旁，才發現是他認識的春花叔叔與兩位自救會的大哥，趕緊呼喚他們醒來，但他們卻毫無反應。情急之下盛華俏想起悔智和尚書本裡所寫的回魂之法，他雙手結印壓住李春花的印堂，口中唸起記憶中殘缺不全的咒語，幾次嘗試之下，想當然耳一點效用都沒，此時盛華俏才懊惱自己的荒廢學術。

只見魔物一味地往盛華俏而來，引得黑虎前來阻擋，幾次之後祂佯裝動作，卻往黑虎襲來，黑虎一個反應不及，受到重擊跌落在地。

黑虎痛得罵出來：「王八蛋！」祂對著盛華俏說：「我不行啦，你自己看著辦。」

「什麼？」盛華俏愣了一下大喊：「那我該怎麼辦？」

「你死後就來我們這修行吧。」黑虎說。

「我不要死！」

在魔物自鳴得意的笑聲下，一縷黑氣從他嘴中飄散而出，逐漸籠罩盛華俏與李春花三人，盛華俏頓時精神渙散，魔物準備吸收他們的精氣，若是今晚一口氣吸食這四個人，勢必讓剛成為魔的祂更加強大。

「誰叫你那獬豸見死不救，還讓我受傷。」

迷迷糊糊中，盛華俏又再一次的聽見這獬豸二字。獬豸？又是獬豸，那到底是什麼？

「是我。」

青色尾焰從盛華俏胸口而出直衝天際，在半空中絢麗奪目擺盪著，轉眼間已經鎖定目標往魔物而來，在尾焰一掃而過之下，魔物連自己發生什麼事都還沒反應過來，瞬間化為烏有。

天色逐漸明亮，李春花與劉懷苓、楊念民逐漸清醒，只是盛華俏居然躺在他們身旁，令他們百思不解。

在露營區的老師發現盛華俏失蹤了，焦急地如熱鍋上的螞蟻，偏偏這時又找不到劉懷苓和楊念民，教育主任梁祐賢正準備通報警消單位時，李春花一行人抱著盛華俏從山上走下。

「檢查一下盛華俏，應該沒什麼事，只是睡著了。」李春花說。

「他怎麼會跑到山上去？」梁祐賢頭痛地說：「難得他昨日乖巧，結果不到二十四小時就又惹出麻煩了。」

「可能晚上想上廁所迷路而已。」

「真是謝謝你們了，想必你們也都沒什麼休息都在找盛華俏吧？辛苦了！」

李春花三人面面相覷，不知該怎麼回答，只好默默地點頭。

沒想到盛華俏一睡就將近三天，當他醒來後露營活動早就結束了。

黑虎一路伴隨著李春花一行人回到露營區後，便帶著傷回到老祖廟裡。門神走弼遠遠看見便立即入廟通報，江仙官倫已趕緊出來查看。

「沒事吧？」

「我要讓保生大帝看看祂的坐騎，被摧殘成什麼樣。」

倫已笑著說：「祂可不吃你這一套喔。」

「坐騎就是比較低賤。」黑虎抱怨。

「誰讓祢上回跑出去溜達呢。」

在老祖廟正殿裡，黑虎逕自鑽進神桌下的位置生悶氣。

「小黑虎，處理的如何啊？」

「稟報保生大帝，一切順順利利。」

「看祢帶著傷呢。」

「多謝保生大帝關心，身上多一些傷痕，增添我的神氣。」

「好啦，看祢將功贖罪再給三天假如何？」

黑虎聽見有三天假期，喜孜孜地說：「好啊。」祂起身跳躍到桌上，走至保生大帝面前搖著尾巴。

保生大帝拿出金針替黑虎療傷後問：「盛華俏有無大礙？」

「他沒事。」黑虎將事情的發生敘述了一遍後說：「那獬豸……強得變態。」

（十一）

獬豸。

盛華俏終於知道獬豸是什麼了，當他醒來時根本無法接受他體內有這種怪物存在，那帶著青色火焰的黑色花紋尾巴從他胸口竄出的畫面，始終在他腦海裡揮之不去。他極想知道一切的來龍去脈，於是找上容瑜。

容瑜似乎正忙著什麼事情，盛華俏幾次上山都不見她的蹤影，好不容易終於見著了卻已經是半年後。

「姐姐！這些日子妳去哪兒了？始終見不著妳。」

容瑜有似乎所隱瞞：「我忙著修行呢，怎麼了嗎？」

盛華俏將露營那一晚所發生的經過敘述了一遍後，問說：「姐姐妳肯定知道獬豸吧？」

「你終究還是知道了啊……我當然是知道。」

「那為什麼都不跟我講？」

「你是你，獬豸是獬豸。」容瑜說：「雖然祂的確是在你身體裡面，但你也有自己的人生要過……雖然這麼講是牽強一些，姐姐只是希望你能好好的在人生的道路上做出你不後悔的決定，而不是被干涉。」

「啊……」盛華俏無法完全意會，但他記下來了。

「如果你想聽猰㺄的故事，姐姐可以講給你聽，只是我也是所知甚少！」

「好！」

「你還記得你小時候曾經跑上山的事情嗎？」

盛華俏搖搖頭，他一點印象也沒。

容瑜笑著說：「那是你與祂第一次的相遇。那你記得有一隻倉鼠跟貓頭鷹模樣的動物嗎？」

「這個我好像有印象。」

「就是祂們帶你上山的。」容瑜神色黯淡地說：「如果要說為什麼你的體內會有猰㺄存在，就因此而起。」

那一日火光獸與重明鳥犧牲了自己，讓猰㺄靈體重生的時候，容瑜完全阻擋不及。

但是如果再發生一次，容瑜也會陷入兩難。猰㺄能不煙消雲散自然是所樂見的，但她責怪火光獸與重明鳥的自作主張，沒有什麼方法是比他們這麼做還來得糟糕。

「所以猰㺄就進入我身體了嗎？」

「不。」容瑜笑著說：「怎麼可能，我也無法置信這種事情會發生。」

上古神獸的靈體再怎麼樣也不可能進入盛華俏這凡人身軀內，甚至是共存，所以當容瑜循跡找到盛華俏時還觀察了許久，才真正確定是如此。這也是為什麼當初許多的妖與精都遍尋不著猰㺄的原因，誰都不會相信祂的靈體會在一個凡人小孩子身上，直到盛華俏隱蔽不了他體內的靈氣……

「注定的吧。」容瑜聳聳肩：「雖然我已經是半神格的狐狸，但面對這回事我也只能這麼說了。」

盛華俏聽完陷入苦思，思緒繁雜。

容瑜見狀又說：「哎呀！你就不用想那麼多啦！如我剛才所說，只要好好過你的人生就好。」

「那獬豸既然那麼厲害，為什麼會死？」

這觸及了容瑜不想提起的部分，涉及當初獬豸的執著。曾經她也一度覺得也許這一份的注定是要幫助獬豸完成祂未竟之事，現在反而覺得是獬豸有了一份使命，要幫助盛華俏走完這一段持香之路。

不論怎麼樣，容瑜只希望一切都能善始善終而已。

「祂得憂鬱症吧。」容瑜開玩笑說：「你們這年代不都興起這種病症嗎？」

「鬱鬱寡歡喔。」

「是啊，鬱鬱寡歡，所以你千萬別這樣。」

「我知道了，我會與祂和平相處的。」

「這麼想就對了！」

「姐姐你是獬豸的好朋友嗎？」

「噗！」容瑜笑了出來：「我才沒那麼老！我是曾經被祂救起的小狐狸喔！」

「啊？」

「下次再講我的故事給你聽吧！」

當盛華俏重新認識了自己，好奇心使得他也想認識獬豸更多一點，之後他多次嘗試與內心的「自己」對話，卻始終杳無音信。他才體會了那更深一層的意涵，也是容瑜講過的，人生是自己的，也許獬豸也是希望盛華俏不受到干涉，一如既往的過好每一天罷了。

這麼一想，盛華俏內心就坦然許多了。

這一天假日，李春花來到王瑞芳家裡，畢竟他有些事情想要問個清楚。

王瑞芳已經前往卡啦ＯＫ店張羅。盛華俏與王家寧正準備清洗高麗菜，於是李春花也一同幫忙。

「春花叔叔，你就帶我們出去玩好不好？我們好久都沒去玩了。」盛華俏說：「不然你問阿寧，對不對？」

王家寧不好意思地點頭，雖然她也想出去玩，但她覺得這樣賴著李春花似乎不太好。

「好，那我晚一點帶你們去逛夜市好不好？」

「好啊！」盛華俏拍手歡呼。

「可是我們還沒洗完菜。」王家寧說。

「沒關係，我跟你們一起洗完再出發，現在還早。」李春花說。

當王瑞芳回到家裡要載食材時，李春花便跟王瑞芳提議此事，她二話不說便答應了。

在尾牆的南端，也就在尾牆國小的斜對面，有一片由東礁宮管理委員會利用煉油廠補助款出資買下的空地，將它建造成尾牆夜市，雖然開立才沒幾年，如今卻已經是受尾牆人喜愛的遊樂場所。

東山鴨頭與沙威瑪是盛華俏與王家寧最愛的食物之一，夏天更喜歡再來一碗大份量的傳統黑糖煉乳剉冰，那香甜滋味是讓人難忘的。

尾牆夜市的策辦更是由尾牆自救會主導，現今尾牆還在務農的人已經所剩無幾，畢竟在尾牆裡乾淨且不受汙染的土地已經趨近於無，加上仍有不少深受空氣汙染或是相關環境災害的受害者，不論是否身在尾牆，自救會便會提供尾牆夜市的攤位以利於他們重新起步轉型。李春花帶盛華俏與王家寧來到夜市，也順便關心一下攤販。

關於露營那一個夜晚裡發生了什麼事，李春花至今仍絕口不提。說出來太怪力亂神，然而事實的發生卻是他與劉懷苓和楊念民所親身經歷。過了這一段的時日平復了心情，李春花還是想知道事情的經過，畢竟這都跟他所調查的事情脫不了關係。

回到王瑞芳家已經將近九點，送王家寧回家後李春花便跟著盛華俏一起回到老祖廟裡，待會九點半還要關廟門。

「華俏，其實叔叔有一件事想問你，是關於露營那天的事情。」

「啊！」盛華俏一時之間不知道該如何回答，他搔搔頭。

「你知道那天發生什麼事嗎？」

「叔叔，我怕我講了你不會相信。」

李春花笑著說：「聽見你這句話，叔叔更想要聽了。」

「那答應我不跟別人說！」

「好！」

盛華俏便開始一五一十地將事情經過講述給李春花聽，除了貓豸的事情他宣稱是自己後來也忘了。

李春花從未想過盛華俏的世界裡是如此的與眾不同。魔、老祖廟裡的黑虎將軍都讓他難以置信，但卻又不得不相信。

「所以說我看見的都是幻覺，那個魔的背後是有人在操控？」

「黑虎將軍是說，那個人已經成魔。」

九點半，李春花與盛華俏一同巡視老祖廟內外並關上廟門。

「那現在有找到他嗎？」

盛華俏聳聳肩：「我當時也是黑虎將軍叫醒我，讓我去救你們才知道的，也許你可以去擲筊問看看。」

李春花心想這也是個辦法，於是他便在正殿前持筊詢問。他從事情的真實性一口氣問到是否有人入魔所得到的答案，皆令他吃驚。

「老祖在上，弟子想再問，那名入魔的人已經降伏了嗎？」擲筊落地，笑筊。

李春花一連問了幾次相同問題，也換了不同的問法皆都得到笑筊，感到困惑地看著盛華俏。

盛華俏也不知所謂，但他內心有點不安。

李春花靈機一動：「老祖的意思是要弟子找出這個人嗎？」擲筊落地，聖筊。

「……」盛華俏正想默默地轉身離開，剎那間眼前的景象乍然開啟，保生大帝、仙官聖者、中壇元帥與黑虎將軍都在位。

「還說什麼不干涉我的人生……」盛華俏抱怨地說。

「盛華俏看得見了？」倫已笑著說。

「我不去啦，我要上課。」

「憑什麼不去！」理兮說。

「我有我的人生要過啦！」

理兮覺得有趣：「你的人生？是哪一種人生呢？你喜歡逞奸除惡還是姑息養奸？」
「我……」盛華俏根本不會想那麼多。
「帶個訊息給李春花吧！」保生大帝笑著說。
李春花轉頭看見盛華俏面帶愁容，疑惑地問：「你怎麼了？」
「祂們叫我跟你講一些事情。」
「祂們？」
盛華俏手指著眼前的保生大帝。
李春花趕緊跪拜在地，感謝老祖的保佑。
盛華俏轉述了當事人地址，以及要準備的物品，主要為護身之用，其實最重要的就是將對方引出門外，接著找機會報警。據江仙官所說，這種邪魔外道除了祂們要處理，以免禍及無辜之人之外，最後還是需要依靠人間的管道善後，雖然最後十之八九是送往精神病院。
而且依據調查，這個人多少也牽扯到民事案件。
「那祢們要幹嘛？」盛華俏問。
「當然是除魔。」倫已說。
「什麼時候出發？」
「明天一早。」
隔天一早，盛華俏拜早鐘之際，李春花已經稟告保生大帝出發了，事發突然，他更沒告知眾人，雖然內心難免忐忑，但他知道老祖會保佑他的。
保生大帝的確做好了準備，盛華俏遠遠的便看見江仙官倫已與張聖者理兮跟隨在李春花身旁，身後的天空更有腳踏風火輪、手持乾坤圈的中壇元帥率領中營黃旗三秦軍的神兵神將，聲勢浩大。

「不認真拜早鐘，看什麼看！」黑虎跳躍上盛華俏眼前的神桌，戲謔地說。

「可以幫我關掉天眼嗎？」

「不關我的事。」

「看在我救過祢的份上嘛。」

黑虎嗤之以鼻：「哪是你救的？少沾邊。」祂在神桌上轉圈兒又說：「再說我也不需要被救。」

盛華俏看向主神的位置，看來保生大帝也外出了，黑虎將軍索性就趴在香爐旁呼嚕大睡，整個上午盛華俏心神不寧的，也不知道李春花那邊情況如何？

開門者是一位戴著磨損嚴重的翡翠項鍊、穿著時髦、雙眼通紅且身材壯碩的中年男子。他一見到李春花便發狂似的吼叫，揮拳往他而來，李春花措不及防，情急之下舉起手臂阻擋，一邊急速退後引誘他到巷子上。

雖然挨了幾拳，但卻出乎意料的順利，男子才向前跑了幾步就猶如洩氣般跪坐在巷子中，兩眼無神看著地上，李春花趕緊打電話報警。

在李春花上頭的天空，中壇元帥正與這名男子成魔的靈體糾纏不下，倫已在一旁觀察順便記載著，入魔的靈體實力非同小覷，即便中壇元帥使用乾坤圈套索住祂，仍然會輕易的被解脫，是怎樣的情況才會讓人到走火入魔的地步？這是連神也百思不解的。

「再這樣下去，你的肉體可是會受損的，也不願停手嗎？」倫已問。

「哈哈哈！那又如何？大不了我就乾脆將祢們東礁宮給占領，換我受人供拜。」

理兮厲聲地說：「狂妄！」身形一閃，手中七星劍已經斬落！

魔靈毫不畏懼，單手抵擋七星劍，靈體隨即竄入理兮體內。

「不妙！」倫已連忙上前持著手中之筆往理兮背後一點，千鈞一髮之際魔靈從理兮體內分離出來。理兮回過神後汗顏：「實在是太大意了。」

「祢們這些神也不過如此，大不了一擁而上吧！」

「一擁而上並非解決問題的方法，祢如果願意迷途知返、去惡從善，入保生大帝門下潛心修行，我們何不就此罷手？」

「笑話，祢們乾脆隨我入魔道，我讓祢們享受那無上的力量如何？」魔靈的聲音彷彿有了磁力：「就算是保生大帝，那又如何呢？」

剎那間江仙官倫已、張聖者理兮與中壇元帥三神在魔靈的蠱惑下彷彿迷失了心智，紛紛不由自主地想答應魔靈任何要求，魔靈見狀又說：「三太子，命令祢將那些神兵神將歸我掌管吧！」

中壇元帥不由得從腰際拿出令旗，額頭冒汗……

「世間因果道不定，唯有人心捫自知。」

張聖者理兮閉眼定神，手中七星劍騰空而出在空中以祂為中心旋轉著，在加速之下形成一股氣旋，猶如「缽」的形狀。

「翻！」氣旋一百八十度的翻轉，「缽」口對下，理兮騰空而起來到魔靈上方，剎那間千絲萬縷的黑氣從魔靈體內流竄而出，紛紛往上頭的缽口內匯聚。

「想收我？哈哈哈。」在魔靈陰笑之下霎時間形體大變，黑氣傾瀉而上，理兮咬緊牙關一搏，魔靈又說：「中壇元帥祢還不快下令！」

「是非曲直莫論斷，若要情理法循脈。」

一滴雨水搶先落下，滲透著一絲光芒，穿過魔靈頭頂瞬間帶著一點清脆聲響，一圈又一圈地漣漪散開，倫已與中壇元帥回過神來，大雨已傾盆而下。

雨水落在李春花身上，他隨即先將癱坐在地的男子抬進屋內，等待警察到來。房子內十分凌亂，各種飲料罐與食用完的餐盒散落一地且散發著異味，唯獨客廳中的木桌意外的整潔。桌上放著幾張紙，李春花好奇上前一看，最上面是一張風水地形圖，令他訝異的是圖中記載的居然是泉鹿山的地形。

李春花來不及細看，遠方已經傳來警笛聲，他心急之下把這幾張紙對折揣進上衣裡，雖然這麼做是偷雞摸狗之事，但這件事對李春花來講非同小可，只好不得不為。

警察來到後與李春花了解情況後，由於這名男子依舊處於失神的狀況，只好先請救護車送往醫院觀察。

在老祖廟裡，中壇元帥押著一團烏漆抹黑的形體回到正殿中，盛華俏皺著眉頭看著這個東西，不知道該怎麼形容。詭譎的是自己突然有股莫名的食慾，想要吃掉祂。

「這就是魔。」黑虎不知何時醒來，正富饒興趣地圍繞這團形體，

一道金光而入，保生大帝已經回到主位。祂嚴肅地說：「此魔已經回天乏術，甚是可惜。」祂對剛回到正殿的理兮說：「張聖者，祢剛才莽撞了，切記與魔對處不必與之對戰，除非祢有十足把握能一蹴而就。」

「是，弟子已受到教訓。」

「還有中壇元帥，既然帶了兵馬出去，祢應該佈下法陣遏止魔氣消長，而不是任由擺

布。」

中壇元帥僥倖地說：「是……」

「看來這趟祢們吃了悶虧囉。」黑虎幸災樂禍地說。

中壇元帥聽見黑虎這麼說，心裡頭一不甘願當下小孩子性格就爆發出來：「都是盛華佾啦！不會來幫忙喔。」

盛華佾突然被矛頭指向，無辜地說：「我又不能幫什麼。」

「最好是這樣哦，盛華佾你就是偷懶、不認真工作。」三太子雙手插腰，風火輪一踩來到盛華佾面前，咄咄逼人地說。

「我才沒有。」

「祢不要辦事不力就怪人家盛華佾好不好。」黑虎跳上盛華佾肩上反駁。

「祢還不是跑出去一個月不回來，還要我抓。」

「講話客氣一點喔。」

「臭貓咪。」

盛華佾在心裡暗忖：「慘了！」

這天早晨風和日麗、空氣清新宜人，誰知老祖廟前廣場卻吹起陣陣狂風，狂風吹得周遭住家窗戶格格的響。

保生大帝揉了額頭，揮揮手說：「隨祂們去吧。」祂對著盛華佾說：「這一團魔氣祢有沒有興趣？」

盛華佾指著自己，一臉訝異地說：「我？沒有。」

「是啊，祢們這些上古獸類最喜愛啃食這個了，畢竟又稀有難得。」保生大帝說：「如果沒有興趣我就讓神兵押解上南天門了。」

「不用了，謝謝保生大帝。」盛華俏感覺到身體裡頭有個東西想要竄出，他使勁地抑制住並在心裡頭對祂說：「我的人生我作主！」

李春花回到家後，在書房裡仔細翻閱著這一份風水地形圖。除了第一張的地形圖之外，第二張、第三張紙是一篇文字敘述，最後一張則是複印的地圖。

「風水寶地」四個字映入李春花眼簾，在百年前曾有高人來到尾牆村找尋龍脈，雖然在泉鹿山上並未找到所謂的龍脈，但卻意外發現一個世間少有的龍巢穴。這件事情不知道為何就在當時的尾牆裡流傳開來，以訛傳訛之下，開始有人來到尾牆村想要探個究竟，然而喧囂一時的傳言，卻隨著新的政權來到台灣戛然而止。

因為當時新政權主導的煉油廠選址就挑選在泉鹿山的山腳下，這一個龍巢穴的傳說自然也隨著時間而畫下句點。

在第二頁的文字敘述末端，卻有人用不同筆跡寫下五字：「老爺已下葬。」

李春花留下地形圖這一張紙，其餘紙張他便引火燒毀，內心裡帶著雀躍卻又感到荒唐。這樣就可以與李春花曾經翻閱過煉油廠的過往資料裡，所需要大量的開採經費互相對應，所以蓋在尾牆的這一座煉油廠就只是要掩人耳目的安排那一位「老爺」下葬？

如果是這樣那真的是荒唐至極。

尾牆人數十年來遭受的痛苦就只是為了一個人死後的安排？

李春花搖搖頭，心想事情還是別那麼快下定論，畢竟衍生而來的問題又是一長串。

這與將近半個世紀後的現在，當他們在抗爭過程中始終有一股力量在背後阻擋著又有什麼關係？為了守護那一名「老爺」的安息之所嗎？這太不切實際了，再且當時泉鹿山早就垮掉一大半，那時也不見有任何動作。

白義禮的一句話再度浮現李春花的腦海裡：「動搖這個國家的根本，那問題是你無法想像的。」

如果所謂國家的根本，是深埋在這傳說中風水寶地裡頭的墓，李春花還真不知道該做什麼反應，公諸於世又會引來怎樣的反響？

只是正當政府推動泉鹿山開發案後，很明顯有三股勢力此消彼長著，他們為的是什麼？再搶一次那世間少有的龍巢穴嗎？

不能排除這個可能。

其中最明顯的自然是官股成份的麗河建設。中央政府四十五百分比的持有股份，已經等同於是政府單位所掌控的機構了。

而國軍英雄館是代表國軍的勢力，那來速國際貨運公司呢？

李春花感到頭昏腦脹，即便再怎麼絞盡腦汁，這件事情也不會有一個全貌，但他興奮的是，終於時隔多年後能夠獲得這蛛絲馬跡，這些都是要感謝老祖，一定是老祖的安排下才讓他發現這些埋藏多年、不為人知的事情。李春花心想，還要再去一趟老祖廟參拜。

嬰兒的哭聲響起，李春花急急忙忙放下手邊的事情，來到白慈蘭的房裡。

「怎麼哭了？」第一次當父親的李春花顯得手忙腳亂。

白慈蘭看著李春花的模樣不禁莞爾，她笑著說：「該換尿布啦！」

（十二）

青春的滋味，盛華俏已經悄悄的初次淺嘗到。

對象並不是青梅竹馬的王家寧，而是從國一便相識盛華俏的李婉約，這些都由李婉約有著靈異體質開始講起。

李婉約皮膚白皙有著鵝蛋臉，是個長相甜美、富有氣質的女孩。但是在國一開學時便是班上同學所公認的怪胎，因為她過度誇張的神經質，光是一支鉛筆掉落在地所發出的聲響都能引來她失控的尖叫，導致她三天兩頭就被帶到輔導室裡。

當然盛華俏也這麼覺得，畢竟在李婉約的周遭根本沒看見任何異樣，更不用說他從開學那一天踏入尾牆國中大門後，便把這座校園清理得乾乾淨淨，也才發現原來當時他從尾牆國小裡驅逐出來的那一群孤魂野鬼都跑過來這裡了。為了避免他們又跑回國小或是到處游移搗蛋，盛華俏便找一天請保生大帝作主，將祂們招為門下，而不願意或者沒辦法的，便告誡祂們不要作亂，就算是鬼也是可以守護校園的。當然盛華俏指的是國小校園，他還是不樂見與鬼相處。

盛華俏也曾經好奇，在老祖面前擲杯詢問李婉約的情況，但也僅得到笑杯回應，這時候他就想開眼直接問明白，只是體內的自己就是不理不睬的。

某一天放學，盛華俏走出校門後就看見李婉約神情憔悴地往家長接送區走去，一輛黑頭車駛來停靠前方，李婉約走上前上車。

盛華俏見狀跑上前喊著：「喂！李婉約！」然而黑頭車已經駛走，看著遠去的車尾燈，盛華俏才發現大家都錯怪了她，李婉約根本不是怪胎，而是真的飽受鬼魅騷擾的人。

光是那台黑頭車上，盛華俏就看見將近十隻的怨鬼存在。

隔天一早，盛華俏就趁著打掃時間找上李婉約：「哈囉。」他的招呼讓正在打掃的李婉約嚇得拿不穩掃把，急忙彎腰撿起：「啊，你好。」

「連打招呼妳也會有那麼大的反應啊？哈哈。」盛華俏尷尬地抓抓頭。

「不好意思。」李婉約從沒想到有人會想主動搭理她。

「妳們家有在拜拜嗎？」

「啊……有喔，我們家是道教。」

「那就好。」盛華俏伸進口袋裡掏出一個香火袋：「這個給妳，隨身攜帶喔。」

李婉約沒有想要接下的意思，她說：「不用了……謝謝。」

被拒絕後，盛華俏陷入尷尬，身為老祖廟裡的住持，在神明事上他從未遇到「拒絕」這種情況。

「該怎麼說呢……這個香火袋有保生大帝加持過，裡頭帶著兵馬可以幫助妳不受到侵擾喔！」

李婉約眨眨眼，完全不懂盛華俏在說什麼，此時上課鐘聲響起，他們只好先回到教室裡。

之後的日子裡，盛華俏鍥而不捨地向李婉約解釋後，她才能逐漸理解盛華俏的意思，再加上也有耳聞盛華俏來自於尾牆裡的老祖廟、更是那兒的住持。

「所以我要戴在身上嗎？可是我不想讓人看見。」李婉約的母親是個極度迷信的人，她一點也不想再引起母親的注意。

「放在鉛筆盒裡也可以喔。」

「好吧，那我試試看。」她接過盛華俏手上的香火袋時，頭皮傳來一陣酥麻感，嚇得她睜大眼睛。

盛華俏笑著說：「妳放心！我以老祖廟的名聲擔保！」

果然李婉約帶著老祖廟香火袋之後，生活作息正常了許多，在學校裡更能談笑自如的與同學聊天，但盛華俏知道這並不能解決根本的問題，畢竟李婉約依然生活在那個環境裡，他也並沒有多問，因為這樣的事情正是他一直都在體會的世間常態，更是人心可畏的地方。

麗河建設開發的自然景觀公園「樂活村」在盛華俏國一下學期時盛大開幕了！加上這一年又是選舉年，各地的人潮絡繹不絕的來到。在尾牆人眼中，那麼多人來到這早就被汙染的泉鹿山裡，呼吸著隔壁煉油廠排出的廢氣，實在是充滿諷刺又可笑。

自從政府宣布泉鹿山周邊的開發後，短短時間內尾牆湧入許多外移人口，其中大多數都是因為來速國際貨運公司與麗河建設的所帶來的就業機會。雖然國軍英雄館比較晚完工開幕，如今卻是是尾牆人所喜愛的地方之一，因為那裡是尾牆裡最不受汙染且遠離煉油廠的地方，除了定期舉辦的展覽，加上周邊的自然環境可遊山、能戲水，熱鬧的程度與樂活村相比之下更是不遑多讓，也已經列入尾牆國中校外教學的行程。

「阿寧，妳最近怎麼都悶悶的？」在國軍英雄館裡，盛華俏趁著自由活動時間溜到了王家寧身旁。

「沒有啊，可能是媽咪那兒太忙了吧。」

「是這樣嗎？」盛華俏帶著猜疑的眼神看著王家寧。

王家寧躲避盛華俏的視線：「對啦！」即便她多麼在意那總是在盛華俏身邊有說有笑的李婉約，她又怎麼講得出口，因為不管怎麼看對方都比自己漂亮許多。

王家寧擔憂的就是未來會有哪一天，盛華俏在放學後跟她說：「阿寧我有事，妳先走吧！」

盛華俏哪會想那麼多？這時候他的注意力早就被吸引走，有一股十分沉重的壓力從國軍英雄館內傳出，這是一種含冤抱恨的壓迫感。盛華俏的身體裡傳來一陣不快，他好奇地循著這股異樣前進。

來到地下室的展覽室裡，盛華俏走至最內側一幅氣勢磅礡的潑墨山水畫前佇足，那一股壓迫便是從這裡頭傳出的。

「華俏？你怎麼會在這裡？」盛華俏轉頭一看，原來是李春花。

「今天校外教學啊，叔叔也來看展覽？」

「啊，是啊。」李春花又說：「開幕後難得有時間來走一走。」

「叔叔，不瞞你說，這幅畫怪怪的。」盛華俏指著眼前的潑墨畫說。

李春花彷彿發現寶藏，興奮地說：「什麼？你說什麼？」

盛華俏嚇了一跳：「叔叔你怎麼反應那麼大？」

李春花不好意思地笑了一下：「對不起嚇到你了，我只是好奇。」

「這幅畫有股壓迫感，我感覺裡面有東西。」盛華俏困惑地說：「只是不確定是畫還是那背後的牆裡。」

「這樣啊。」李春花就像得到了難得的情報，不停點著頭。

畢竟李春花今日來到國軍英雄館，最主要的目的是想探查這裡有沒有鑽鑿的痕跡，他就像一般的民眾走走停停，一路逛下來自然沒發現什麼。

但是經盛華俏這麼一提，李春花來到國軍英雄館外頭，仔細觀察了這棟五層樓高的建築構造後，他發現了一個有趣的地方。

這棟國軍英雄館是以直角斜進的方式建構在泉鹿山裡，這在視覺上留下很突兀的印象，明明腹地足夠且與尾牆溪也保有一定的距離，為何要硬生生的將建築物的邊角建造在山裡頭？

可惜的是，那一日李春花所找到的那名入魔男子已經精神錯亂，雖然李春花試著與他對談，但那男子只會弔詭矜奇地傻笑回應，不停地開口要錢。

對於國軍英雄館裡的奇異現象，盛華俏很快便遺忘了，對他來講這種事情早就已經見多不怪。

這一天早晨五點，盛華俏才剛醒來，便注意到已經有一段時間沒開啟的天眼打開了，因為黑虎將軍就在他的腦袋旁噴氣，一團又一團的白霧籠罩他的視線。

「盛華俏，你惹麻煩了。」

「什麼？」盛華俏坐起身，黑虎將軍就掩著鼻子說：「你嘴巴很臭。」

盥洗完畢後，盛華俏難得沒有拜早鐘就來到正殿，主位上的保生大帝不在，江仙官倫已與張聖者理兮還在呼呼大睡……應該說各個神祉都還在休憩。

黑虎尷尬地說：「我看你還是先將晨鐘敲響好了。」

晨鐘響起，這是屬於尾牆人不會忘懷的聲音記憶。多少年月裡每當鐘聲響起，大家都知道這五點半的時刻，是象徵一天的開始。

再度回到正殿，仙官聖者精神奕奕地辦事，保生大帝伸著懶腰迎接盛華俏的到來。

「盛華俏！你怎麼將我的兵馬帶去人家地盤裡被欺負呢？」保生大帝嚴肅地說。

「我沒有啊。」

「當真？」

盛華俏點點頭，根本沒有頭緒。

「李婉約這女孩子你認識吧？」

「啊！她是我同學。」

「那就是了，你是不是安排兵馬給她呢？」

「我是有依照師父書本上的教導，請祢賜予兵馬保佑。」

「結果你把那個香火給了她？」

「是啊，不對嗎？」

「當然不對！悔智是這樣教你的嗎？」保生大帝不滿地說：「給我傳通引官來。」

江仙官倫已當下翻開手上的簿子，提筆寫下幾個字後開口大喊：「傳通引官！」

一位身穿七品鸂鶒補服、朱顏鶴髮的老人緩緩邁入正殿：「弟子拜見保生大帝。」

在這一剎那盛華俏眼淚有如潰堤般，毫不爭氣地落個不停。

「師父……」

悔智笑著說：「華俏，沒想到你已經這般大了，近來可好？」

「師父我好想你！」盛華俏情緒激動地抱著悔智，鼻涕淚水沾滿悔智的衣襟。

保生大帝沒想到盛華俏會有這麼大的反應，無可奈何地看著。

「趕緊別哭了，師父有正事要處理。」悔智替盛華俏擦掉眼淚後拱手說：「請保生大帝莫見怪……」

「罷了。」保生大帝單手一揮：「你們師徒也多年未見，李婉約這件事就交給祢處理了。」

「弟子遵命。」

悔智帶著盛華俏回到禪房裡頭，就像他還在世時一樣。

「師父，沒想到祢成為保生大帝的下屬了。」盛華俏不好容易止住了眼淚，破涕為笑說。

「承蒙保生大帝的看重。」悔智說：「雖然師父都不在老祖廟裡，但我多少也有耳聞你的事呢。」

「師父對不起，祢的本事我學沒幾分。」

悔智摸著盛華俏的頭說：「這不礙事，一切順其自然便可，師父瞧你現在的模樣也甚感欣慰。」

盛華俏鼻頭一陣酸楚：「謝謝師父。」

悔智深感懷念的在禪房裡巡視，一切都沒有變化，時隔多年卻宛如昨日，祂拿起黃花梨木筆端詳著。

「師父的東西我都有好好看顧。」

「看得出來，一塵不染呢。」悔智說：「師父要跟你說聲謝謝。」

「這是我應該做的。」盛華俏說：「師父，剛剛聽見保生大帝稱祢為通引官，那是什麼職務？」

「簡單來說就是在天庭與老祖廟之間傳達訊息的官位。」
「哇……那天庭是什麼模樣？」
悔智難以回答地說：「就挺熱鬧的。」講完便呵呵笑個不停，盛華俏見狀也跟著一起笑。
「好啦，該談正事了。」悔智說：「華俏祢可知道將香火給予李婉約哪裡錯了嗎？」
盛華俏搖搖頭，悔智又說：「一般人要拿取香火討個平安自然沒有什麼問題，但是那個香火你依照師父傳授的方法請了兵馬對吧？」
「是啊，我還有稟報保生大帝呢。」
「但是你有稟報清楚嗎？」
盛華俏仔細一想，當天的確就只是跟保生大帝請求兵馬保平安而已，根本沒有講清楚要給李婉約以及她的事情。
「沒有。」
「那你可知那些兵馬都損傷了嗎？」
「什麼？」
「李婉約的家裡並不尋常，據回報的兵馬說，她的家人因為過度迷信的關係，長期下來已經供養一群孤魂野鬼，隨著那些鬼魅的壯大甚至已經開始招兵買馬起來了，單憑香火上的兵馬又怎麼能保護的了李婉約？」
「可是李婉約的確有一陣子好很多了。」
「那只是對方正在觀察，還沒動手罷了。」
「那……該怎麼辦？」

悔智笑著說：「師父今天跟你講，希望你能記取教訓，還記得師父跟你說過神明事絕不可草率嗎？」

「記得。」

「這件事你就先別插手吧！」悔智說：「師父差不多該走了。」

悔智轉身便要離去，盛華俏不捨地說：「師父我還能再見到祢嗎？」

「師父一直都在呢！」

隔天盛華俏來到學校，李婉約的神經質毛病似乎變得更嚴重了，一大早才剛上課就尖叫不停，很快地就被帶往輔導室裡，一整天下來盛華俏再也沒看見她。

第二天李婉約來到教室時，當她走過盛華俏身旁，惡狠狠地瞪了他一眼，但還沒開始上課，李婉約就自行走到輔導室裡。盛華俏得知消息，李婉約似乎以後都得在輔導室裡跟老師一對一上課了。

盛華俏眼看日子一天一天的過去，李婉約對自己的誤會越來越深，雖然悔智和尚囑咐過別再干預，但這天放學時他忍不住了，當他與王家寧一同走出校門時，他對著王家寧說：「今天妳自己先回去吧！我有事情。」也不等王家寧回應，便逕自追上正在等著黑頭車的李婉約。

「李婉約妳聽我說！」聽見盛華俏的聲音，李婉約充滿驚愕地往一旁躲開，隨即又惱怒地說：「走開！我不想跟你說話。」

「這是一個誤會，這件事是我的錯，你再相信我一次。」

「誤會？你害我變成這樣還要我相信你？走開！」

「不然妳把香火袋給我，這次我用大軍保護妳。」盛華俏依稀記得師父的書籍裡還有一門調五營之法，若是將老祖廟的五營兵馬調動過來保護李婉約，一切就沒問題了！

「我不會再相信你了。」李婉約眼眶泛紅地說：「還有那個香火袋我一點也不想要。」她打開背包拿出香火袋，憤怒地往盛華俏身上丟去：「還給你！」

香火袋直直地打在盛華俏身上，剎那間盛華俏眼前一黑失去意識。

這對盛華俏是個活生生的教訓，但對於另一個祂來說，是個過分地挑釁。

救護車裡的盛華俏正在送往醫院的路途上，王家寧在一旁哭的稀哩嘩啦。

這些年來，祂至少學會了溝通。

老祖廟正殿前，祂毫不客氣地說：「為何不處理？」

「諭令未到，可不能擅自起兵啊！」保生大帝說。

「我來處理。」

「且慢！祢若干涉事情恐怕會更為複雜，更遑論祢現在的身分。」

「祢管轄之地為何？」

「自然是尾牆。」

「那裡並非是尾牆，祢就當作不知情吧。」祂又說：「況且世間離奇之事數不盡。」

保生大帝眼看對方心意已決，便不再勸了。

鬼是盛華俏的厭惡，自然也是祂所厭惡。

千年來，層出不窮，而祂依舊秉持自己的信念。

畢竟這種東西的存在也等於這世間的消極，於是祂沒有二話，滅之。

滅之，滅之。

盛華俏從醫院裡清醒過來，心裡一股道不盡得暢快。

「阿俏！」王家寧急忙地說：「你還好嗎？」

「啊？我怎麼在醫院？妳眼睛怎麼紅紅的？」

王家寧紅著臉說：「你剛剛嚇死我了，暈倒在路邊耶！我已經跟媽咪說了。」

「不用啦！阿寧我們回家吧。」盛華俏打個哈欠後便想下床。

「不行！剛剛醫師有說要給你做個詳細的檢查。」

「……可以不要嗎？」

「不可以。」

「妳知道我最討厭醫院了。」盛華俏看著四周飄移的黑影，右手捏起法指不停亂彈著。

隔天折騰一整天後，盛華俏確定沒有大礙可以出院，在醫院待了超過二十四小時，盛華俏反而覺得自己病了，他一臉頹靡地回到尾牆老祖廟。

才剛踏進老祖廟裡，盛華俏便感受到四周有許多視線正看著他，但是他天眼未開，只好來到正殿擲杯。

「保生大帝在上，找弟子有事嗎？」擲杯落地，蓋杯。

「沒事的話弟子先回禪房了。」蓋杯。

「不然是要跟弟子聊天的意思嗎？」聖杯。

「弟子現在很累……改天好不好？」笑杯。

盛華俏起身正要回禪房，無奈四周的視線還在。

既然這樣，盛華俏便問：「李婉約的事情弟子可以詢問嗎？」笑杯。

「所以是處理好了嗎？」笑杯。

盛華俏心想，怎麼都是笑杯？他又問：「那弟子可以去處理嗎？」笑杯。

「所以弟子還是別插手比較好嗎？」笑杯。

盛華俏一氣之下把筊放回神桌上，怒氣沖沖地回到禪房裡倒頭就睡。

當盛華俏再度來到學校，李婉約已經轉至隔壁大樓的班級裡了，至此便再也沒有什麼交集，即便彼此照面也只是擦肩而過。盛華俏心想這樣也好，畢竟自己曾經傷害到她，看李婉約似乎恢復了正常，心裡也寬慰許多。

直到國三畢業典禮這一天結束後在校門口，李婉約來到他的面前。

「謝謝。」

「謝謝？」盛華俏略為尷尬地說：「為什麼要謝謝我？」

「我覺得我好像錯怪你了。」

「能聽見妳這麼說我很高興，但我當時的確做錯了事情。」

李婉約趕緊搖搖手：「不不！你別這麼講，其實最近我媽媽到老祖廟拜拜之後，我也才從她的口中了解你的偉大。」

「我的偉大？」盛華俏有點失笑：「記得妳講過，妳的母親是不是特別迷信？」

「是啊，但是她現在只信奉保生大帝喔！」

盛華俏內心感到一絲不妙：「不過還是要提醒妳媽媽不要太迷信。信仰是好事，但是被信仰牽著鼻子走就不好了。」

「我知道了！」李婉約說：「不過我媽媽有考慮參選老祖廟委員呢。」

「這樣啊……」盛華俏說：「話說妳家是做什麼的？」

「我爸爸是麗河建設的總經理，媽媽是董事喔！」

「樂活村的麗河建設？」

李婉約點點頭：「沒錯。」

盛華俏心想，麗河建設可是尾牆人最討厭的公司之一呢，若要選委員恐怕不會選上吧？

一台黑頭車駛來，盛華俏與李婉約揮手說再見，這次他從黑頭車上感受到的是他最熟悉的氣息。

老祖廟的兵馬正在黑頭車上頭守護著。

（十三）

尾牆沒有高中高職，當王家寧考上高職第一志願時，當下便要求盛華俏也要考上相同的學校，這算是她表露無遺的霸道。

讀書一直以來對盛華俏並非什麼難事，這一點的確令人稱羨。當然他也如約的考上與王家寧同樣的學校。

那是位於頭振市的頭振高級職業學校，若是搭公車往返尾牆，單程的時間大約二十分。由於李春花所開的西服店也正好在學校附近，所以三不五時李春花便會開車載他們回去。

「我好高興喔！」王家寧說：「這下子你又可以陪我上下學了！」已經亭亭玉立的王家寧明眸皓齒，高二的她已經有幾分姿色。

女大十八變，盛華俏也逐漸注意到王家寧似乎跟他腦海裡頭的印象不太一樣，但是轉念一想，阿寧就是阿寧嘛！

「我現在覺得頭昏腦脹。」盛華俏說：「你知道清龍阿伯昨夜過世了嗎？」

「啊？」王家寧覺得意外：「好突然喔，不是委員會會議才剛結束而已嗎？」

「就是啊！」

在盛華俏眼中，張清龍一直以來待他並非友善，他也多少察覺的到他在老祖廟裡被「架空」般的存在。盛華俏從來沒有參加過委員會會議，除了決定他的去留那一次之外，就再也沒有邀請過他；盛華俏也甚少參加老祖廟的廟宇活動，包括每年會定期舉辦的法會以及三不五時的廟會活動，更別說牽扯上老祖廟裡需要運作資金的各種事情了。

當然對於老祖廟的事務現在也甚少詢問神明，除非是引人注目的大事情才會請盛華俏出來主持。

只是盛華俏還是感到不捨，畢竟張清龍擔任數十年的主委，雖然他與住持不對盤，但更不能否認他為老祖廟的奉獻是讓人尊敬的。

一個人的是非對錯、善惡曲直當一切蓋棺論定後剩下的就交給神明決定吧！

李春花在張清龍逝世之前有與他見上一面。

「十六年了，真快。」張清龍泡開茶葉，盛了一盤土豆仁：「你還會介懷當年我阻擋你抗爭嗎？」

「我說不會在意是騙人的，現今過了兩年還有十年的歲月，人生哪來那麼多十年可以等？」李春花說。

「哈哈！」張清龍乾笑。

「你不後悔嗎？」李春花問。

「這麼多年來，我從不敢想這個問題。」

「我知道當年在你背後有人在指導。」

張清龍挑眉說：「哦！你可知道是誰？」

李春花搖搖頭。

「都走得差不多了，現在想想還真是個笑話。」

「我岳父……」

張清龍點頭說：「他才是了解全貌的人，我充其量只是個打手吧。」

李春花心裡卻還沒做好準備去面對白義禮，因為還是差那麼一點點，只要知道麗河建設、來速貨運、英雄領事館這三方勢力目的是什麼，真相將會水落石出。

但是這實在太難了，一個觀光聖地、一間國家機構，還有使命必達的貨運公司，儼然就如表面那樣。這幾年以來李春花不禁懷疑自己，憑藉著幾張紙以及眼中所見幾個啟人疑竇的地方，是不是自己想得太多了？

而那一張泉鹿山的地形圖上所標示的入口，經過李春花實地考察後發現早已經不復在，更不用說當泉鹿山山體崩塌後，等同宣示這一張地形圖如同白紙。

李春花心想，就差這麼一點點，如果還有什麼線索能讓他發現就好。

這一夜凌晨三點四十三分，尾牆煉油廠一聲驚天動地的巨響驚醒了所有人，伴隨著火光照耀天空，響徹不停的鳴笛聲宣示這場災害的嚴重性。尾牆內的房子在短短一天內都覆蓋上一層灰渣，就算戴口罩也止不住嗆鼻的味道以及停不下來的咳嗽。

半夜驚醒的盛華俏立即跑到王瑞芳家裡，王家寧與王瑞芳坐在客廳裡互相抱著哆嗦。面對煉油廠首當其衝的第一排房子玻璃門窗都被震碎，王瑞芳家裡也不例外。他們三人忙著收拾，直到整理好時已經天亮了。

然而第二場的爆炸卻在這個時刻發生！一團黑雲直衝上煉油廠的天際，沒有人知道裡頭的狀況，對所有人來講在這當下忙著逃命都來不及了。

將近中午時刻，軍隊的身影出現在尾牆街頭，更多的警消人員加入救災，煉油廠的周邊區域簡直是滿面瘡痍宛如戰場。盛華俏站在老祖廟旁的路口，看著一具又一具的遺體從煉油廠裡抬出，心裡受到莫大的衝擊。

「為什麼？」盛華俏無法理解地喃喃自語：「祢們不是神嗎？為什麼要讓這種事發生？」這一天他在心裡不停的吶喊。

「為什麼！」

「經過警消的初步認定，這一場災難式的意外事故，不排除人為因素。」電視上的新聞主播播報這一件舉國震驚的事情，一整天的追蹤式報導，早就讓電視機前的白義禮感到煩躁。

已經將議長之位交棒給年輕一代，也退出政壇多年的他，如今過著頤養天年的生活，剛過完喜壽的他自認時日不多，在剩下的日子裡過著一生中難得的悠閒時光之外，已別無所求。

但任何有關煉油廠的大小事情，都輕易地觸碰到他的敏感神經。他已經是少數還活著、當年的參與者之一，那些見不得人的事情，注定要跟著他在他死後沉眠。但這個世間意外太多了。

「做得好。」白義禮自言自語地說。

災後的重建整理很迅速，但是那一份陰影卻存留在每一個尾牆人心中，更遑論其中的受害者。

建設在煉油廠區旁邊的來速國際貨運公司，是這一場爆炸中損失最為慘重的商家，幾乎全毀的廠區等同於運輸事業的停擺，善後事宜更使來速內部亂成一團，有多少貨物毀損？相關的補償與賠償措施該怎麼進行？尤其是每個托運的包裹內容物不盡相同更難以計算金額，於是來速貨運辦公室裡的電話始終響個不停，董事長蔡貴昌也南下坐鎮，這是他縱橫商場數十年以來遇過最大的挑戰之一。

但是身為商人，他怎麼會就此甘休？一場人聲鼎沸的國際記者會在老祖廟會議室裡登場。

「身為損失最嚴重的我們，在此嚴正聲明尾牆煉油廠必須支付來速貨運五十億元的賠償金，這裡頭包含貨物的損失、商譽的計價，以及對來速貨運未來的營運損害！」蔡貴昌獅子大開口的要價並非不合理，只是沒有人知道緣由而已。

「還我公道！來速淒慘！國家出面！還我公道……」

在將近百人的來速員工齊聲吶喊，抗議聲響徹老祖廟會議室，蔡貴昌再也忍不住地落下眼淚。

要當一名成功人士，兩面手法有時候是必需的要件。身為商界一方巨擘的蔡貴昌自然也有他的作法，他明瞭媒體已經是這個時代的寵兒，更是左右資訊接收者的思維模式，只要簡單的在裡頭動一點手腳，那效果可是十足的顯著，雖然他曾經動念過買下電視台，但是由於太過麻煩且成效不佳，讓他更傾向另外一種運作模式，這種事情很少是不能用錢解決的。

聳動的標題與飽滿的畫面盡情地在電視上播送著。

「來速貨運公司讓偏鄉地區帶來新面貌，創造近千個就業機會！才短短不到十年卻落得這種下場，政府該給的正義在哪裡？」

「五十億很多嗎？對員工的未來與來速艱辛的旅程來講，少得可憐！難道這筆錢大家寧願留在煉油廠裡頭嗎？」

「這只是一種保險的要素，人命值多少？五十億換一個保障便宜到不行。」

大家不禁開始覺得，讓來速得到五十億的賠償只不過是一個公平正義的標準。

蔡貴昌自然知道若是真的在世人面前拿到五十億，那還真是個天大的笑話，但他的用意在某些人眼裡卻是再清楚不過了。

「你覺得可行嗎？」在麗河建設總部的董事長室裡頭，一張大理石圓桌旁，一名雍容華貴的老婦人摸著手上的白翠玉戒指，看著坐在對面右邊位置的中年男子。

「雖然看起來划算。」男子帶著濃厚的腔調說：「但是給了五十億，我們就像個傻子。」

「怎麼說？」老婦人笑著問。

「妳不也知道嗎？董事長。」

「給與不給都改變不了如今只剩下兩家的局面了。」老婦人站起身來，一派輕鬆地說：「就算從頭再來，也追不上我們的速度。」

「那麼給一半塞他的嘴？」

「不，都給。」

男子訝異地說：「都給？」

「給五十億。」老婦人說：「我要看看那老頭子給得出什麼。」

當蔡貴昌收到五十億款項的時候，沒有任何人知情，但是他還不滿意的等著另一邊的回應，接著放出消息。

「來速貨運決定撤出煉油廠區現址，遠離傷痛。」

「新家有著落？來速選擇國軍英雄館旁邊腹地另起爐灶？」媒體攻勢下，很快的就有人找上蔡貴昌：「老先生希望與你見個面。」

「早該要了嘛。」蔡貴昌嗤笑說。

容瑜與盛華俏已經好一段時日未見，她得知盛華俏狀況不好，這一天特地下山來到老祖廟內。

「盛華俏！」來到禪房，容瑜看見盛華俏仍然躺在被窩裡。

「姐姐？」早就清醒的盛華俏聽見熟悉的聲音，馬上從床上坐起。

「還敢喊我姐姐呀，我看你都忘了我了吧！。」

「對不起……因為發生蠻多事的。」

「好啦，姐姐當然知道。」

幾個月以來，盛華俏變得繁忙許多，他主動接下原本張清龍不願意交給他的事務，這也是他首次以住持的身分替信徒服務。雖然他還是要上學，但是每到假日都必須整天待在正殿裡，除了替信徒解籤詩之外，還主持了許多儀式，包括求神問事、淨身除穢，甚至處理較為麻煩的鬼神之事。

畢竟在煉油廠爆炸後，盛華俏能夠做的就只有這樣了。

為求方便，盛華俏在正殿時總是會要求獅豸打開他的天眼，也許是獅豸明白盛華俏的心意吧？總是二話不說地立即打開。

「姐姐妳還真的都沒變。」盛華俏說：「我是指外貌。」

「當然，你沒聽過一句話叫『青春永駐在十八』嗎？」容瑜撥弄頭髮：「我當然要維持十八歲的樣貌。」

「妳難得下山，不會只是要跟我打屁聊天吧？」

「我就是要來跟你打屁聊天的，不行嗎？」容瑜笑著說：「你看看十年就快要過去了，當年我可是抱著你逃命呢。」

「這麼說來姐姐的道行就要一百六十年了。」

「哎呀！那一點也不管用，就只是年數而已。」

「一百六十年前，姐姐也是個凡人嗎？」

「是也不是。」

「什麼意思？」盛華俏又問：「那妳是怎麼遇見獬豸的？」

「第一次遇見祂的時候我可是要嚇死了呢！」

容瑜緩緩講起……

曾經有一隻狐狸，時常與其他同類一同在農田裡捕捉田鼠、野兔，雖然稱不上什麼愜意、充實，也就只是依照生存法則過生活著罷了。

但是有一天狐狸卻誤打誤撞跑進一間木造房子裡，裡頭的嬰兒床中躺著一個胖嘟嘟又可愛的女嬰，牠一時看得著迷，卻沒注意到孩子的父親已經從廚房走來，轉眼之間已經成為棍下之魂。

死後的狐狸不知道為什麼靈魂滯留在那兒飄散不去，牠看著當年在嬰兒床上的孩子逐漸長大，轉眼間成為了一位亭亭玉立的少女。但是卻在某一天裡，有一群山賊闖進屋裡將少女強暴後殺害，她的家人也在當場身首異處。

死後的少女靈魂也跟狐狸一樣無法離去，然而祂們倆卻因此認識了，彼此相伴著在那兒又過了數十年。在漫長的歲月裡，偶爾祂們會捉弄一下路過的旅人找點樂趣，久而久之卻也在當地成了流傳的故事之一。再過了幾個年頭後，祂們受到了供奉，但是又不好意思取用人家的東西，只好多少回報一點，結果這樣反倒成為當地香火鼎盛的小廟。

直到有一天，一頭奇形特異的上古神獸來到，祂渾身散發的氣息讓狐狸與少女打從內心畏懼，就像是看到獵食者的到來一樣。

神獸眼神俾倪地看著少女與狐狸，二話不說便想要滅掉祂們，情急之下祂們提了一個條件：「讓我們去挽救一場苦難，來換取祢的不殺之恩。」

自稱獬豸的神獸似乎覺得有趣，於是便帶著祂們回到了過去。在過去裡，長滿稻穗的農田裡有一隻狐狸正追逐著田鼠，在少女身旁的狐狸認出這是當年的自己。

「這是因。」獬豸說：「當祢們破除了這個因，自然沒有果。」畫面一轉，來到少女全家被殺害的那一日，山賊追趕著一群狐狸而來到這間木造房子外，看見窗戶內的少女有著幾分美色，起了異心。

狐狸認得出來那一群狐狸裡有自己的父母、兄弟姊妹，牠們是為了報仇才這麼做的嗎？

畫面再度回到了稻田裡，獬豸戲謔地說：「動手吧！」

沒想到狐狸看了少女一眼後，縱身一跳咬死自己，當下形體灰飛煙滅。

「哈哈哈！」獬豸掃動著祂的青焰尾巴，轉頭對少女說：「祢走吧！」

少女眼眶濕潤地說：「我不走！除非祢救狐狸。」

「來不及了。」獬豸轉身就走。

少女不肯就此放棄，一路跟隨著獅豸來到一座山裡裡頭……

「那座山就是泉鹿山啦！」容瑜說。

「所以最後怎麼樣了？」

「最後就是變成姐姐我這樣囉！」

「什麼嘛，有講跟沒講一樣。」

「哎呀，剩下的就是神界的事情了，姐姐可不能講。」容瑜說：「天機不可洩漏！」

「反正大概就是狐狸成為神，然後你們倆是一起的所以祢只有半神。」

容瑜愣住：「你怎麼知道？」

「還真的被我猜中了？」盛華俏忍不住大笑。

「臭小子！」容瑜無奈地說：「倒是你！為什麼三太子會跑來找我，還說你長期情緒不佳？」

盛華俏收起笑容：「我只是不知道該怎麼面對，看見那樣的事情發生，而我卻束手無策，多虧我還是老祖廟裡的住持。」

「連神都無法改變萬法自然，你能做的，就是做好自己本分就好。」容瑜說：「至少你現在做得不錯啊！」

盛華俏嘆了口氣：「我明白了。」盛華俏突然想到了什麼：「姐姐我問妳，妳知道泉鹿山裡面有什麼嗎？」

容瑜表情僵硬地說：「你怎麼這麼問？」

「我是聽一位春花叔叔提起過，好奇問一下，怎麼了嗎？」

「裡面沒什麼。」容瑜說：「就算有，你也要切記不要插手這些事。」

盛華俏不明白為何容瑜姐姐變嚴肅了，只好應諾。

在煉油廠爆炸案三個月後，李春花今天以自救會會長的身分拜訪蔡貴昌。這些日子來他可是忙得不可開交，一場怵目驚心的爆炸就這麼血淋淋的發生，以他多年來對煉油廠內部的認知，這件爆炸案的確是疑點重重，猶如那天他陪同警消一同到爆炸現場勘查時所作出的結論，這極有可能是人為因素所造成的。但至今以來案情還是沒有任何突破發展，更糟糕的是他從警方那裡接獲消息，警方高層有意將這一件爆炸案歸類成純屬意外，只是在這之前只能先擱置下來。畢竟在風頭上觸動敏感神經，對警方絕對不是一件好事。

李春花走進來速貨運公司的辦公室，牆壁依稀可見遭受爆炸威力而造成的斑駁痕跡。

「我來找蔡貴昌董事長。」

李春花被櫃台小姐引領進董事長辦公室裡，並請他稍待。

多虧自救會會長的身分，李春花在爆炸發生後，更藉此拜訪麗河建設與國軍英雄館的內部，並與高層見面。

麗河建設所受的災損並不大，與國軍英雄館相同都是地點因素，泉鹿山山體替他們阻擋了大部分的災害，當李春花來到麗河建設總部大樓時，老董事長黃月娥親自迎接他的到來。

「久仰，麗河非常歡迎你，李春花會長。」黃月娥容光煥發的與李春花握手，並且帶領他來到董事長辦公室裡頭。

「發生這樣的事情我們一樣深感遺憾，尾牆自救會自然對善後的處置盡一份心力。」

「李會長費心了。」黃月娥笑著說：「但是你看看我們整間公司，有像是受到災損的模樣嗎？」

李春花點頭接過助理遞來的茶水後說：「的確是看不出來。」

「這可是我們身為建設公司的驕傲啊！」

此時李春花看見牆上的山水畫說：「黃董事長對泉鹿山也是情有獨鍾？」

黃月娥隨著李春花視線看向那一幅畫：「是啊，這一幅畫可是我丈夫贈送於我的。」

「丈夫？」

「已過世。」

「啊！」李春花說：「不好意思。」

「無妨。」黃月娥說：「只是習慣掛在那兒了。」

「這就是為何麗河會參與泉鹿山開發案的原因之一嗎？」

黃月娥故作沉思：「我想還是緣分吧。」她話題一轉：「聽說丈人是白義禮白議長？」

「正是，黃董事長也熟識岳父？」

「說熟識不敢，幾面之緣而已。」黃月娥笑呵呵地說：「白議長叱吒政壇多年，可是令我欽佩呢。」

「可惜岳父與我在煉油廠去留的理念上有著衝突。」

「哦！」黃月娥似乎感興趣地問：「白議長至今仍會插手管理煉油廠事務？」

李春花搖搖頭：「他早已退休。」

這是一場讓李春花摸不著頭緒的對話，他完全感受不出黃月娥這個人的性格，閒話家常的對話卻顯得有點刻意，但是讓李春花注意到的，就是掛在黃月娥辦公室裡頭的那幅泉鹿山畫作，他十分篤定的確定，這幅畫所表現出來的輪廓，跟他手上的複印地圖同出一轍。

在拜訪完麗河建設後沒多久，李春花也以自救會名義來到國軍英雄館。在門口迎接的是一名戴著眼鏡、雙眼炯炯有神且身材精壯的老年人，他是現今軍系大老、前國防部總參謀長、掛階上將的元義太老先生。

「聽聞我們王館長說，李會長已經不是第一次來到我們國軍英雄館了？」

「是啊，應該說只要是尾牆的居民都來過了吧！」

元義太開心地說：「這是我們的榮幸。」

「不知道當時的爆炸是否有影響到建築的結構？」

「這方面你可以放心，我們已經檢查過了，安全無慮。」

「這樣啊。」李春花與元義太一同走進位在英雄館頂樓的辦公室裡，元義太表情卻變得嚴肅。

「雖然來到這裡不過短短數年，但我由衷地盼望煉油廠能如期停工。」

「可惜還是需要一段漫長的等待。」

「等待未嘗不是一件壞事。」元義太意有所指地說：「想必白議長自然也這麼覺得。」

「元長官也認識岳父？」

「當然！他可是一位舉足輕重的人物。」元義太好奇地說：「你說『也』認識，難道你最近也有跟誰見面？」

李春花笑著說：「不瞞你說，前一陣子才拜訪過麗河建設的黃老董事長。」

「哦！」元義太富饒趣味地說：「那你可知黃月娥是個怎樣的人物嗎？」

「這我並不明瞭。」

「她可是我們中央政府在國際上的白手套，就比如尾牆煉油廠當初也是在她的牽線之下建立的。」元義太又說：「想必你也多少知道些什麼。」

李春花陷入一陣沉思：「聽到你這麼說，我的確感到震驚不已。」

「這個世道絕對比你想像中的還複雜許多。我善意的提醒你，不論你知道了些什麼，最好就此停住吧。」元義太目光如電：「想必白議長也是這麼覺得，上一代的恩怨就讓上一代做個結束。」

「老實說我的目的始終只有一個，那就是讓煉油廠消失在我們尾牆的土地上！但是在那之前我們尾牆人也不能忍受不白之冤。」

元義太點點頭：「我由衷地欣賞你這個態度。」

「我們有一天會以不同的立場再度見面嗎？」

「哈哈，希望不會。」

在來速總公司內，接待李春花的總機小姐微笑說：「不好意思，我們董事長突然聯絡不上，可能要請你稍待片刻。」

「這樣啊，沒關係。」看著櫃檯小姐離去，李春花環顧蔡貴昌的辦公室，簡潔的風格與國軍英雄裡的辦公室大同小異，

李春花在蔡貴昌的辦公室裡待了將近兩小時，估計今日是沒辦法見面了，他起身走往櫃檯知會後準備離去。

「我們一直聯絡不上董事長，真的非常不好意思，讓你等了那麼久。」櫃檯的小姐鞠躬致歉。

「沒關係，我改天再來訪。」

在開車回西服店的路上，李春花從車上廣播聽到一個新聞消息。

「在尾牆溪出海口處發現一名遺體，疑似為來速國際貨運公司的董事長蔡貴昌，目前警方鑑識人員在他身上搜索出一份用防水袋包著的遺書，內容有待確認……」

這一晚李春花徹夜未眠，他意識到自己已經涉足過深，來到危及生命的地步。為了妻子與孩子他是不是該選擇罷手？

元義太的善意提醒，如今卻成為活生生的警示。

自從張清龍過世後，原本預定在一個月後舉辦老祖廟管理委員會主委選舉，卻因為煉油廠爆炸事故而無限期延後，暫時由委員鄭富吉代理主委一職，雖然主委選舉的日期尚未訂下，但卻有傳言流出，擔任樂活村的執行長、也是麗河建設的總經理艾瑞克李有意角逐主委。

不論是不是這樣，艾瑞克李的確動作連連，關於煉油廠所發生的嚴重事故，他以在地企業的身份宣布將頒發每一個尾牆受災戶十萬元撫慰金。在尾牆居民一致道好之下，這天假日他來到老祖廟參拜，為此老祖廟裡還特地敲鐘鳴鼓表示歡迎。

盛華俏雖然不排斥這種社交活動，但如果能避免就避免，畢竟他一點也不擅長更不熱衷於此，所以這次艾瑞克李的參拜儀式就由鄭富吉來主持，他則是溜到了大雄寶殿裡寫著香火。

「艾瑞克李？李婉約的爸爸怎麼有個奇怪的名字啊？」盛華俏疑惑地想著：「也許是個美裔華僑之類的。」

「還在生悶氣啊？」黑虎打了大哈欠，走到盛華俏的面前，在他寫完的每一份香火上舔了又舔。

「生悶氣？怎麼這麼問。」盛華佾看著黑虎將軍的加持動作，心想還真是不雅觀。

「不然你怎麼在這邊？耍孤僻？」

「只是不想一起參雜大人的活動而已。」

「隨便你。」黑虎說：「保生大帝叫我每天都要提醒你，好好對自己的未來想一想。」

「我知道啦！」

黑虎張嘴在桌上一陣噴、滴、吐、沾後說：「我留了這些聖水你就加減用吧，我要走了。」

聖水？真是噁心死了。盛華佾眼神死的盯著桌上一攤黑虎將軍留下來的口水，內心忍不住的想要吐槽。

「一臉嫌惡是怎樣？態度給我好一點。」黑虎的青眼透露光芒，不快地說。

「沒有啦。」盛華佾說：「只是我有一個問題。」

「哦？問吧！」

「神真的能感知萬事嗎？」

「天機不可洩漏，這句話你也聽過很多遍了吧？」黑虎說：「就算知道又如何？」

「所以是知道還是不知道？」

「天機不可洩漏。」黑虎轉身，傲然地走了出去。

「真是的……」盛華佾開始困惑，為何以前會崇拜黑虎將軍？現在看來祂真的就像一隻被寵壞的……嗯。

在盛華佾高二下學期的寒假，他應約王家寧的要求，陪她去頭振市區裡走走逛逛。

身為住持的盛華俏，一直以來已經習慣頂著光頭。王家寧怕他著涼，特地拿了毛帽給他戴著，沒想到戴起毛帽的盛華俏看起來俊俏許多，讓王家寧瞧得發怔。

對於這種人多吵雜的地方，盛華俏潛意識裡總會反感不適，最主要的原因是這些地方讓他沒有安全感，不論是到處游移的鬼魂、還是這是屬於其他境主神明的領地，多多少少都讓體內的獬豸影響到他，因為獬豸可不是個尋常的不速之客。

「阿俏！」王家寧的呼喚讓盛華俏回過神來：「難得陪我出來逛街，還這麼漫不經心啊？」

「抱歉。」盛華俏不好意思地說：「很少來到這種地方。」

「你就是太常待在廟裡頭了。」

「沒辦法嘛。」

「而且你也沒注意到我今天的穿著，對不對？」

經王家寧這麼一講，盛華俏才仔細看了她一身裝扮，米白色的小碎花洋裝加上褐色短靴，然後她還畫了淡妝，當下臉紅心跳地轉移視線。

「怎麼了？」

「蠻好看的。」

「謝謝！」王家寧笑著說：「雖然晚了一點點。」

盛華俏一路上陪著王家寧逛了好幾家的服飾店面，當王家寧覺得滿足時已經兩個小時過去，他的手上也已經提著大包小包的購物袋。

「真開心啊！」王家寧手上拿著兩支捲筒冰淇淋，一支自己吃另一支餵食已經騰不出手的盛華俏：「從媽咪那兒賺來的錢想怎麼花就怎麼花！」

「嗯……」盛華俏似乎受到了什麼驚嚇，兩眼無神地看著前方。

好不容易他們找了一間中式餐飲店吃晚餐，當盛華俏放下手中的袋子時彷彿獲得了解脫。

「阿俏，我不太餓，我們點一碗陽春麵一起分著吃好嗎？」

「好啊。」王家寧胃口本來就不大，盛華俏二話不說便答應了。

王家寧嫣然一笑，月牙眼顯得漂亮。當陽春麵上桌後她離開座位跟老闆多要了一副碗筷。

「直接吃就好啊。」盛華俏不解地問：「為什麼多要碗筷呢？」

王家寧害羞地說：「這樣吃比較方便啦！」

吃完晚餐後，盛華俏眼看時間已經七點半，他必須抓好時間回到老祖廟裡，以免趕不上關廟門。王家寧自然能夠明白，於是他們一同搭上往返尾牆的公車。

大約晚上八點，他們已經回到尾牆，在往老祖廟的路上走著，路上已經沒有什麼車子與行人，這是尾牆一貫的生活作息，因為大家都知道入夜之後，空氣中就會開始飄散著臭油氣味，誰也不想出門。

他們一起走過尾牆幼稚園前的公園時，盛華俏問：「阿寧，妳畢業後確定要去讀大學了吧？」

「是啊，雖然不知道會考上哪一間，但肯定是要搬出去住了。」

「這樣啊……」盛華俏若有所思地走著。

「不過還是一樣喔！」王家寧淺笑說：「一年後你要考上跟我一樣的學校！」

「可是我……可能不會讀大學吧。」

聽到盛華俏這麼講，王家寧眼神頓時黯淡下來。
「讀了大學對我來講似乎沒什麼用處，反而還會耽誤老祖廟裡的事情。」
一陣沉默後，王家寧說：「你真的打算一輩子就當住持了嗎？」當她講出這句話，眼眶已經濕潤。
「我……沒有想到這個。」
王家寧一把拉住走在前頭的盛華俏：「就算是為了我而讀大學也不行嗎？」
「阿寧你怎麼哭了？」盛華俏想要從口袋裡掏出面紙，但雙手都是購物袋，顯得他手忙腳亂。
「回答我啊！」王家寧生氣地拍打盛華俏的手臂，嗚咽地說。
「我不知道。」
盛華俏好不容易掏出了面紙，想替王家寧擦拭眼淚，卻被王家寧阻擋。
「我不准你回去關廟門。」
「不行，我沒關的話老祖廟整晚都門戶大開。」
「那又怎樣？我不准。」
「阿寧！」盛華俏心慌意亂，一時不知道該怎麼辦。
「如果你堅持要回去關廟門，那我們今天開始都不要見面了！」
「妳知道我始終都將妳放在心上的啊！」
「放在心上又怎麼樣……我要怎麼跟一個住持在一起……」
這一天晚上九點半，盛華俏親自關上了老祖廟的廟門，至此到王家寧離開尾牆讀大學前的日子，盛華俏每天都一個人上下學。面對王家寧的避不見面，他多次想找機會再跟她和好，儘管在王瑞芳的卡拉ＯＫ店裡盛華俏有了許多機會，但王家寧的異常冷漠也讓盛華俏內心嘗了不少苦楚。

在王家寧要離開尾牆的那一天早上，盛華俏充滿感傷的在王瑞芳家門口等著，在面對悲傷時即便是一個開門聲也觸動盛華俏的敏感神經，他默默地看著眼前這位女孩將行李放在門外後，等待著計程車的到來。

他永遠都不會忘記這一幕，女孩在上車前哭著對他說：「你為什麼要來。」

（十四）

我要怎麼跟一個住持在一起……

就算已經過了四年，這句話就像個不定時的響鐘，總是不經意地在盛華俏腦海中響起。

雖然四年裡盛華俏仍然與王家寧見到面幾次，但是漸行漸遠已經是不變的事實。自從王瑞芳的卡拉ＯＫ店隨著環境變化逐漸沒落而關店後，盛華俏還是時常會到她家裡串門子，免得王瑞芳一個人太無聊，另一方面又可以探聽王家寧的近況。

「唉唷！你一直問我，幹嘛不直接打電話給她呢？」王瑞芳說：「我又不是天天都跟家寧講電話。」

「不行啦，我跟阿寧現在沒那麼好。」盛華俏尷尬地笑著。

「還不是她叫你去讀大學你就是不聽，浪費一個好腦袋。」

「瑞姨你看我現在每天忙成這樣，哪有時間去讀大學啦。」

「就跟你說不要當住持就好了……」

若是在四年前盛華俏肯定會反駁，但如今整個老祖廟以及尾牆都烏煙瘴氣的，讓他也有了離去之意。

這一切都是從新主委艾瑞克李上任後開始的。

艾瑞克李在大約三年前就任老祖廟主委後，當下就來到禪房跟盛華俏見面。

「我最親愛的住持法師。」艾瑞克李帶著濃厚的口腔說：「可否請你賜予我神明的祝福，讓我免於半夜睡不好的毛病？」

「什麼？」盛華俏有聽沒有懂，神明是要給他什麼祝福？

「他的意思是講說半夜睡不好，可能要幫他除除穢氣啦。」鄭富吉在一旁解釋著說。

「除穢氣？可以啊。但是先去正殿問一下老祖吧。」

盛華俏帶領艾瑞克李來到正殿，經由他稟報後再請艾瑞克李擲杯。

艾瑞克李興致盎然地將手中的筊擲出，聖杯。

「老祖說可以，那我幫你去除一下穢氣喔。」盛華俏要求艾瑞克李站立不動，他點燃起除穢符，口中念著咒一會兒就幫他處理完了。

「謝謝住持，謝謝住持。」艾瑞克李伸了懶腰，彷彿輕鬆了許多。他又說：「這樣我晚上就能好好睡了是吧？」

「我還是建議去看……」盛華俏話還沒講完，鄭富吉就雙手比著讚，大聲嚷嚷地說：「這是當然的啊！保生大帝可是醫神自然沒有問題。」

但是盛華俏還是覺得，有病就要看醫生。

結果在艾瑞克李上任後，第二次舉辦的定期會議裡，他不停抨擊著盛華俏的荒唐行為，因為他的失眠症狀一點也沒有改善。

「住持當時還宣稱我已經沒問題了！我打從心裡覺得，雖然我們東礁宮裡的住持是個必需的存在，但是他的言行舉止我們必須要多加戒律！」艾瑞克李氣憤填膺地說：「他的一言一語都代表著我們東礁宮的形象啊！」

「雖然現在講是遲了一點，但是我還是建議你有病要看醫生啊！」

「你！」艾瑞克李漲紅著臉指著盛華俏，語氣揚起：「你說我有病？大家聽到沒有？他亂說我有病！」

盛華俏搖搖頭雙手一攤，再也不發一語。自從前主委張清龍離世之後，沒想到現在來了一個更加令人頭痛的人物。

雖然鄭富吉始終都替盛華俏緩頰，但盛華俏知道從此之後他更需要謹言慎行了。

接著在第三次的會議裡，艾瑞克李利用他身為麗河建設總經理的長才，替老祖廟規畫了一個商業開發模式。這場會議裡讓盛華俏感到奇怪的是，在現場十之八九的委員居然一致認同稱好，到底是背後收了好處，還是艾瑞克李早就事先安撫妥當了？

「這件事情，我建議還是問老祖一下比較好。」盛華俏的提議彷彿潑了艾瑞克李冷水。

艾瑞克李當下自然不快，但又不好當著眾人的面與盛華俏引起爭端，尤其現在他的形勢不明，若是最後占不住贏面，那可是會讓他這個主委失了面子也沒了裡子。

「華俏法師這個問題我認同！而我會找個時間去詢問保生大帝的神意！但是現在這一份資料，我希望先頒發給大家查閱。」

「那個……其實我不是什麼法師，叫我住持就可以了。」

「哈哈！」艾瑞克李一陣乾笑：「這自然是沒問題。」

雖然口頭上宣稱會以保生大帝的意見為主，但艾瑞克李的計畫卻是如火如荼地展開了。

盛華俏也有拿到他「東礁宮新興計畫書」的資料，裡頭有著廟宇翻修計畫、年度觀光活動開發，以及在未來將納入樂活村自然景觀公園的版圖裡，更要延攬商家入駐等等……盛華俏不得不承認艾瑞克李的確很有商業頭腦，但若是要對老祖廟這麼做，老祖廟還是尾牆人心目中的老祖廟嗎？

盛華俏帶著計畫書來到正殿，天眼已開。

「老祖，祢知道這份計畫書嗎？」

「略有耳聞。」

「祢同意艾瑞克李這麼做？」

「我沒有意見。」保生大帝說：「只要不違逆萬法自然、公序良俗，我上奏天庭就可。」

「但是這會讓老祖廟變成一顆搖錢樹，祢不介意嗎？」

「盛華俏你執著了，數百年前在這一塊土地上，可是連老祖廟都沒有呢。」

「我只是不想要讓老祖廟被有心之人利用，若是老祖廟原本的模樣被取代了，師父看了也會傷心。」

「那麼你可以努力去維持這一份傳統啊！」

保生大帝講得簡單，但盛華俏到底該怎麼做才好？這對他倒是一個難題，光是廟宇的翻修工程，就與艾瑞克李爭執數次，盛華俏只能認同老祖廟原廟保存並且進行維護的修復，以不破壞為原則，若是要進行擴建那也沒關係，但艾瑞克李卻覺得現今老祖廟的外觀不符合他所需要的形象，執意要將整座老祖廟拆除重建。

眼看事情沒有定局，委員們便提議詢問老祖。

「這樣也好，就來問保生大帝吧！」艾瑞克李心想，這三分之一的機率不如一試，若是他擲出聖杯的話那大家就無話可說，反倒是件好事。

盛華俏內心卻有點擔心，就怕萬一保生大帝又是一個沒意見，那該怎麼辦？

「不用擲筊了啦！」才剛來到正殿，盛華俏就聽到中壇元帥這麼說，眼看正殿裡只有祂在。

「什麼意思？」盛華俏不解地問。

「意思就是反正只有我在，又不能做決定。」艾瑞克李已經擲筊落地，笑杯。

然而眾人已經等著盛華俏擲筊，他只好硬著頭皮稟告不在的老祖，擲筊落地，笑杯。

「就說不用擲了。」中壇元帥無可奈何地說。

「沒辦法，我總不能突然一副臨陣退縮的模樣吧？」

大家正等著盛華俏給個答案，兩個人都是笑杯是什麼意思？

「這下我要怎麼回答？」

「不用回答，人已經來囉！」

盛華俏脫口而出：「人來了？」

什麼人來了？在現場的委員議論紛紛，艾瑞克李不耐煩地說：「就擲出一個結果吧！」

笑杯跟蓋杯就這麼在艾瑞克李手中連續擲出五次，他不甘願的要擲下第六次時，李春花已經帶著文化局人員來到。

「不好意思，先讓我們的文化局專家鑑定勘查好嗎？」

在李春花的幫助下，幾個月後文化部審議委員會拍版定案，尾牆東礁宮指定為國家二級古蹟。

「春花叔叔，謝謝你。」這日在禪房裡，盛華俏終於有機會向李春花道謝。

「不客氣，我也有看那一份資料，對於要破壞我們這歷史悠久的老祖廟，我當然不會袖手旁觀。」

經歷過這件事情後，盛華俏覺得迷惘，如今的尾牆一點都不像自己所認識的尾牆了。老祖廟發生這樣的事情卻沒有任何人願意站出來，什麼時候開始大家都變得那麼冷漠？

李春花聽了盛華俏的抱怨後說：「別這麼想，這些年來尾牆的人來來去去，受不了煉油廠的早就都搬走了，現在幾乎有大半都是近十年遷移而來的，而且大家也都是要討生活啊。」

在這物價上漲的年代，每個人雖然都講是景氣不好，但看那股市一路往上揚的牛市表現，卻像是在狠狠打臉，錢都不知道去哪兒了？

李春花也考慮收起西服店，在現今這邁入高科技的年代裡，一件手工西服至少要三十天才能出貨，早就跟不上這時代的腳步，加上連年上漲的租金、後繼無人的窘境，注定他的西服店走向產業沒落的一環。

老祖廟的整建維護工程結束後，盛華俏時隔一個月從王瑞芳家裡搬回老祖廟禪房，整間禪房煥然一新，還多了無線網路與液晶電視，沒想到液晶電視對老祖廟裡的眾神有著吸引力般的存在。

「幫我轉到新聞，我從來都不知道除了尾牆以外的地方，每天都發生什麼事呢！」江仙官倫已看著電視一邊提筆寫下，津津有味地不停點著頭。

隨著新聞播報來到結尾，倫已心滿意足地離開後，張聖者理兮跟著走進禪房。

「幫我轉到電影台，我想看戰爭片。」

「現在未必會有戰爭片耶。」盛華俏耐著性子轉台，看過一輪電影台後果然沒有。

「這樣啊。」理兮帶著落寞的神情離去。

隨後三太子走了進來：「我可以玩一下遙控器嗎？」

「……這是有什麼好玩的？」盛華俏將電視遙控器放在桌上，三太子手持火尖槍一陣刺、戳、敲。

電視不停轉著台，音量忽大忽小，三太子樂得哈哈大笑，盛華俏立刻把遙控器搶回來，所幸遙控器實體沒有受到什麼損害。

「還我！我還要玩。」

「出去！」盛華俏憤怒地喊著。

三太子看見盛華俏生氣後便一溜煙地不見蹤影。

禪房外再度傳來腳步聲……

「不論是誰敢給我進來我跟你沒完沒了！」在盛華俏怒吼之下，禪房外瞬間安靜下來。

「終於啊……」盛華俏終於有了一點時間休息。這樣子折騰下來，轉眼間都已經快要九點半了，他將電視關掉後把遙控器藏了起來，走出禪房準備關廟門。

新落成的老祖廟遠比舊老祖廟大了一倍有餘，原本在老祖廟旁的菜市場也已經改建成老祖廟的活動休憩中心，廟前的廣場左右被規劃成商家的駐點商圈，為此艾瑞克李還特地從樂活村請調來警衛輪班，而盛華俏依舊只要巡視老祖廟本身內外就好。

若是王家寧回來後看見老祖廟變成這樣，不知道會有怎麼樣的反應？盛華俏心想著，艾瑞克李真的是李婉約的爸爸嗎？怎麼看都不像，而且至今也沒有遇見李婉約，如果哪天遇見了還真的要抱怨一番，雖然李婉約講過媽媽是個非常迷信的人，但她的爸爸更是個商業狂熱吧！

巡視到大門前時，盛華俏往外看到許多黑影一閃而過，一時無法判斷那是什麼，當下便隨後跟上。黑影的速度並不快，走走停停的，彷彿知道盛華俏在尾隨他們似的刻意放慢腳步，當盛華俏一路走至煉油廠大門口時，黑影已經不見蹤影。

一頭霧水的盛華俏正準備回頭，一輛國產轎車駛來，駕駛座的窗戶放下：「華俏！」在駕駛座的李春花喊著。

「咦？春花叔叔？」

「你怎麼在這兒？上車吧。」

「好。」盛華俏上車後便把剛才發生的事情敘述了一遍，李春花也不明白是怎麼一回事。

「春花叔叔你怎麼也在這？」盛華俏問。

「剛好辦完事，路過而已。」

李春花其實正在查看麗河建設的動靜，雖然他已經選擇放手，不再深入那些關於泉鹿山裡頭的事情，但他還是沒有辦法放任那些惡意讓尾牆受到傷害的事情發生，就像是監督著煉油廠一樣，他也不會任由那些別有目的的人在尾牆的土地上肆無忌憚的為所欲為，所以他一有空便會來到煉油廠周邊駐點觀察，一段時日後，他意外發現樂活村的大門每當入夜時，就會有頻繁的大型車輛進出，乍看之下像極了在進行貨運的進出貨，但他不排除是正在替進行挖掘工作的泥土碎石進行清運。

反到是國軍英雄館一點動靜都沒有，讓人匪夷所思。

「所以春花叔叔沒有看見那些黑影嗎？」

「這真的是沒有。」

李春花行駛至老祖廟前，盛華俏道謝後下車。

盛華俏才剛走進正殿便察覺氣氛有異，四周的神像傳來一股異常的空蕩，難道剛才那些黑影就是要引他出去嗎？他自覺上當的在廟裡奔跑起來，沿途所經之處竟然沒有感覺到任何神明的靈氣，他將整座老祖廟查看過一遍後，無法置信老祖廟的神明都不見了！

最後盛華俏來到禪房前，房門居然反鎖打不開。

如果是這樣的話……盛華俏用盡全身力氣往禪房大門一撞！

「……」眼前的景象讓他鬆懈下來，反而覺得好笑地說：「祢們不擠嗎？」

保生大帝一臉詫異地看著盛華俏：「你怎麼那麼快就回來了？」祂不怒自威地喊著：「小黑虎！」

「弟子在這！」黑虎從桌子下方探出頭來。

「祢的虎兄弟辦事如此不力，靜候發審。」保生大帝隨後說：「保生令下！散！」

眨眼瞬間，禪房恢復寧靜，剩下電視正在播放著：「流星花園。」

新人新風氣，自從艾瑞克李就任東礁宮主委後，人與人之間的互動交流，逐漸讓東礁宮的廟宇活動增加許多，雖然多少都參雜著一點商業氣息。

這一日清早盛華俏驚醒，他隨即看了時間才四點十五分，雖然天眼未開，但他仍感受到外頭十分的熱鬧。盛華俏印象中今日的行程裡有一間三山國王廟要來會香，但時間可是下午兩點啊！

「哎呀呀，這是久聞大名的獬豸嗎？」聲音從窗櫺外傳來，蒼老的嗓音笑著說。

渾厚粗獷的語氣跟著傳來：「二哥，應該改稱盛華俏住持才對吧？」

「啊呀呀！怎麼辦呢？問大哥好了。」蒼老的嗓音大聲的呼喚著：「大哥！祢聽見否？」

渾厚粗獷的語氣又說：「他好像看不見我們。」

「我現在的確看不見。」盛華俏說。

「啊！你聽得見，二哥！他聽得見。」

隨著聲音遠去，盛華俏索性不睡了。他換了一身運動服後從側門而出，前往環形公園跑步運動。

這種情形盛華俏早已司空見慣，神與神之間的交流始終在老祖廟存在著，像今日這種以會香、進香之名的宗教活動是正式的拜訪，而私底下非正式的拜訪自然更多。只是神明之事他始終遵循著悔智和尚的囑咐，並不會加以干涉、參與其中。

只是當盛華俏運動結束後，走過老祖廟廣場時，身體內的獬豸彷彿受到刺激，剎那間天眼開啟，四周萬頭聳動，三色旗幟在天空中飄蕩著，分別是三山國王的白旗巾山軍、黑旗明山軍與紅旗獨山軍。盛華俏很少看見來訪的神明是帶著神兵神將的……而在他的面前，保生大帝正跟著三山國王裡的巾山大王下著象棋。

以分明色彩為特色的三山國王，今日都穿著鎧甲——「清化威德報國王」巾山大王一身白銀戰甲，長相斯文；「助政明肅寧國王」明山二王紅臉粗曠，不怒自威；「惠威弘應豐國王」獨山三王黑色花臉戰績顯赫，三王武功以祂為最。

盛華俏察覺到自己誤闖而正準備離開，他卻聽見巾山大王說：「我奉旨意，若不擒拿那狐狸恐怕難以交代。」

盛華俏愣住在地，他急忙問：「祢說得可是容瑜姐姐？」

「容瑜？」

「泉鹿山上半神的狐狸。」

「正是。」巾山大王此時才將視線從棋桌上頭轉移，祂抬頭與盛華俏對到眼時，驚愕地說：「祢……」

「盛華俏，這不關你的事。」保生大帝提醒著：「你可別忘記悔智的告誡。」

「我知道，神明事不該管。」盛華俏體內的獬豸彷彿正在咆嘯：「但是容瑜姐姐的話……對不起，不論是我還是祂都必需插手。」

「你可知道這個後果？」保生大帝嚴肅地說。

「我不知道，但是那值得我去承擔。」盛華俏詢問巾山大王：「可以告訴我發生什麼事了嗎？」

巾山大王看向保生大帝說：「這樣妥當嗎？」

「說吧，反正祢我也攔不住的。」

「也是……」

根據巾山大王所說，容瑜在近日犯了濫殺凡人的重罪，祂奉旨要將她捉拿回天庭審判。

「濫殺凡人？怎麼可能！」盛華俏激動地反駁。

「諭令拿來！」巾山大王喊著，白色巾山旗軍內一名神將而出，遞上一本卷宗，祂將卷宗交予盛華俏查看。

卷宗內詳細記載著時間與地點，受害的凡人名為蔡貴昌，也就是來速國際貨運公司的董事長。

「容瑜姐姐跟這位蔡貴昌毫不熟識，我也沒聽過她有所交集，怎麼可能會殺害他？」盛華俏不能接受地說：「這裡面肯定有誤會！這是錯的！」

「神界的訊息是不會出現錯誤的。」巾山大王說：「就算有何冤屈，到了天庭自然分說。」

「難道這一點都沒有轉圜的空間嗎？」盛華俏眼前模糊，語調突變：「當真要抓？」光芒乍現，從盛華俏胸口而出的尾焰，如今已不再受限。黑爪而出，七彩獨角透出光亮，眼神俾倪的衪環顧全場，視若無物。

「這……就是獬豸嗎？」巾山大王訝異地看著眼前的上古神獸。

「哎。」保生大帝束手無策：「祢還是出來了。」

「可知道那狐狸與我的關係？」

「不論什麼關係，這可是天庭正通緝的啊！」保生大帝說。

「那祢又可知道，我跟神界的關係？」獬豸尾焰暴漲，青光奪目。

明山二王與獨山三王此時趕緊來到巾山大王身旁。

「這這這！」明山二王不可思議地看著獬豸：「親眼所見果然名不虛傳。」

「二哥！現在不是讚嘆的時候吧！」獨山三王手持令旗揮動，紅旗獨山軍霎時將獬豸團團包圍住。

「且慢！」保生大帝連忙說：「獨山三王切莫衝動，且聽我的奉勸，先暫時撤軍。」

「三弟，避免干戈。」巾山大王說。

獨山三王令旗再動，紅旗獨山軍撤回。

「獬豸，祢這可讓我們難為啊！」保生大帝說：「如今可並非為敵的時候。」

獬豸看著躺在地上的盛華俏，內心盡是感嘆。

「待我會面後再說。」獬豸四爪離地騰空而起，朝著泉鹿山上而去。

「巾山大王，若事情未果切記別與獬豸交手。」保生大帝看著獬豸離開的方向：「上奏天庭才是明智之舉。」

「以我三王三旗軍莫非捉拿不住？」獨山三王說。

「不敢說捉拿，恐怕祢剎那間便被祂給波及了。」保生大帝尷尬地笑說。

「波及？什麼意思？」獨山三王不解。

巾山大王搖頭嘆氣：「三弟，那並非我們能應付的對手。」

獅爻來到了泉鹿山的山腰之處，那有著五顆大石環繞的水池旁，這裡的水池煥然一新，池水自然流動著，幾隻錦鯉在清澈見底的水中悠遊，而大石上頭的水漬苔痕也已經不見。故地重遊，這裡卻比當年乾淨漂亮許多。

「妳都有在整理啊？」

樹林裡一陣騷動，容瑜從上方跳躍而下，她一臉憔悴的模樣看不出喜怒：「祢怎麼出來了？盛華俏發生什麼事嗎？」

「他沒事，出來一會兒不礙事。」

「那……祢為何而來？」

「妳自己明瞭。」獅爻又說：「濫殺凡人此事當真？」

容瑜默然點頭：「我必須阻止，一個凡人的貪婪差點就危害無數的性命，我沒辦法坐視不管。」

嚴格說來真正下手的並不是容瑜，而是兩名國軍高層派出的殺手，他們心思縝密且準備周詳，當他們相約蔡貴昌在尾牆溪堤旁的荒僻空地上見面時，容瑜一路尾隨在蔡貴昌後頭。

「先生吩咐我們轉達，你拿了五十億應該收手。」

「那你們呢？總也該給什麼吧？」

「沒有。」

蔡貴昌激動地說：「沒有？那我就把你們做過的骯髒事都抖了出來！」

「五十億該滿足了。」

「滿足？為了這一場爭奪我砸下了多少錢？」蔡貴昌說：「你們給我回去轉達，我寧願用五十億讓大家同歸於盡，到時候就別怪我濫殺無辜。」

「你要做什麼？」

「你要想想，當煉油廠油槽爆炸後會是什麼狀況。」蔡貴昌得意地大笑。

此時兩名殺手相視不語，手法俐落，當手帕之物覆蓋蔡貴昌臉面後，他尚未收起笑容便已經陷入昏迷。

隨後取出蔡貴昌的手機以及他身上的其餘物品後，塞入用防水袋包好的遺書，將他丟進河裡，兩人隨即轉身離去，絲毫不拖泥帶水。

容瑜眼看事已至此便要離開，她卻遠遠地看見蔡貴昌在水面上掙扎著，她馬上過去查看，蔡貴昌已經從河面站起，身形搖搖欲墜、不停咳嗽地往河岸走去。

「對我不仁，就別怪我不義！等著讓所有人跟你們陪葬吧！」蔡貴昌氣喘吁吁、惡狠狠地說。

容瑜慌張地看著蔡貴昌逐漸走至河岸，當下一個情急便往他天靈蓋上揮下……

「還是那山裡頭的事嗎？」獬豸問。

容瑜點點頭：「我已經阻止不了。」

「那就別阻止。」獬豸覺得可笑：「愚昧的凡人，就讓他們自生自滅吧。」

「我要跟祢走嗎？」

「何必。」獬豸說：「逃，剩下的交給我。」

獬豸離去之前，對容瑜說：「謝謝妳，整理得很好。」

約莫一刻鐘，獬豸已經回到老祖廟前。

中壇元帥已經帶領著中營三秦軍在廣場坐鎮。

「看來祢真的不願善了。」保生大帝說。

「不關祢的事，也不關他的事。」獬豸看著盛華俏：「少了我，他就只是個凡人罷了。」

「天庭真給我一個苦差事啊！」巾山大王站起，與明山二王、獨山三王一同揮動各自令旗，轉眼間獬豸已經被三旗軍團團包圍。

「狐狸就讓我們三兄弟即刻追捕！」巾山大王說。

「祢敢？」獬豸尾焰舉起，毫不客氣。

「巾山大王啊！祢怎麼才過一會兒就忘記我的叮嚀？」保生大帝說。

「保生，我兄弟三人為何能成神？我豈能辜負？」

獬豸倏然身形一閃，已來到上空，三王軍根本反應不及。

「接招！」七彩光芒照耀大地，逐漸在獨角上凝聚成一丁點的色彩，卻帶著讓人無法招架的力量鋪天蓋地而來……

此時一個纖弱身影出現在半空中，三條純潔白皙的狐狸尾巴在前阻擋著。

「住手！」容瑜看著獬豸說：「夠了。」

「妳……為何不走？」

容瑜自嘲：「能走去哪？」

獬豸一個翻身，將獨角上的光芒往天空而去，瞬間天地為之震盪。隨著震耳欲聾的巨響，祂回到地面上。

三山國王看著獬豸如此實力，面露慚愧。

「再讓我，跟盛華俏見一面吧！」容瑜說。

禪房裡，盛華俏逐漸甦醒，容瑜就坐在床邊看著他。

「姐姐？」盛華俏彷彿知道什麼：「妳要走了嗎？」

「是啊！」容瑜笑著說：「我犯了錯要去天庭受罰啦！」

盛華俏說：「很嚴重嗎？」

「看在我的本意上，應該不會判太重，只是以後就不能再跟你見面囉。」

「我會永遠記得妳的。」

容瑜忍俊不已：「你的感性是不是被獬豸給傳染了。」

盛華俏眼眶泛淚：「為什麼我在乎的人都要離開我。」

「你別這麼想，在乎你的人也會等著你啊！」容瑜看著窗外說：「你太晚醒來啦！我該走了。」

盛華俏哭得唏哩嘩啦：「我會想妳的。」

「祝福你，在往後的人生當中好好的過。」

「謝謝妳，姐姐。」

「我們，有緣再見！」

容瑜消失在眼前，事情發生的如此突然，盛華俏怎麼都不想相信這是最後的道別。當泉鹿山上矗立在水池旁的五顆大石逐漸被青苔覆蓋，池水也開始變得混濁不堪，盛華俏內心更是一股椎心刺骨的難過，原來容瑜是真的離開了。

還有誰會在遠方等著我？盛華俏心想。

持香的路，第一步便是孤獨。

（十五）

短短幾年，在艾瑞克李的一手策畫下，老祖廟開始人潮湧現，不論是在樂活村自然景觀公園一路走過來的，又或是麗河建設旗下的廣告公司大力宣傳下慕名而來的，老祖廟儼然成了一個新興的觀光景點。

這對尾牆又帶來新的樣貌，原本平凡樸實的巷弄裡紛紛開業做起生意、賺起觀光財，而在尾牆路上隨處可見斑駁生鏽的小吃店招牌，也顯現著這個時代裡的輾轉更迭。

在麗河建設的交涉之下，尾牆煉油廠也同意在明年，也就是距離停工剩餘五年之際將產能逐步下降，並且儘量配合尾牆的觀光活動，煉油廠未來將改以夜間運作為主。

香火鼎盛用來形容老祖廟最為恰當了，二十二歲的盛華俏今天忙得不可開交，今日是老祖廟的除穢日，這自然是艾瑞克李經過委員會討論而安排的體驗活動，沒想到卻聲名大噪，更在網路世界裡形成一股旋風，使得老祖廟的除穢日這一天總是大排長龍，人潮都蔓延到老祖廟廣場上。

也許是天氣悶熱的關係，接近中午時人潮少了許多，盛華俏好不容易有了一點喘氣的空閒時間，他馬上再從保生大帝神像前壓著的一疊除穢符裡取出一部分備用。在詢問過老祖獲得首肯之後，除穢符已經是委託印刷工廠製作，畢竟要面對那麼大批的人潮需求，就算盛華俏不眠不休地寫也無法應付得來。

「我要除穢！」一個令盛華俏熟悉的聲音在他背後傳來，他轉頭一看居然是許久不見的王家寧。

「啊！」盛華俏訝異地說：「妳放暑假回來了？」

「才不是好嗎？」王家寧吐了舌頭：「我畢業了啦！」

「大學畢業了？」盛華俏想了一會兒，的確四年已經過去了。

經過這四年，眼前的王家寧變得活潑許多，舉手投足之間也多了一份成熟感。她留起一頭飄逸的長髮，也有上淡妝的習慣。

「沒想到尾牆改變這麼多！」王家寧笑著說：「我都在電視上看見你了，大住持！」

盛華俏不好意思地抓著頭：「那天太緊張了，第一次被攝影機對著。」

「所以我慕名而來，我也要除穢。」

「妳身上很乾淨，不用了。」想必王家寧已經回到王瑞芳家裡了。盛華俏其實每隔一段時間都會替王瑞芳家裡內外貼符淨屋，形成一股防護罩般的存在，凡是任何不乾淨的東西早就無法進入。

「哎呀，你就讓我體會一下吧。」

在王家寧的要求下，盛華俏只好點燃起除穢符，依樣繞行王家寧周身三圈。盛華俏心想，阿寧的身形也變得曼妙許多呢……

盛華俏肩膀上突然一重，他身體往下沉了一會，又直挺起身。

「怎麼了嗎？」王家寧困惑地問。

「沒、沒事。」盛華俏臉紅地說。

「不要有邪念！」黑虎促狹地趴在盛華俏的背上說。

幫王家寧除穢完畢後，沒多久又有一批觀光客湧進老祖廟裡，王家寧眼看盛華俏又要一陣繁忙，當下便先離去回到王瑞芳家裡。

盛華俏看著王家寧離去的方向，差點兒讓燃燒中的除穢符燙著了手。

「你給我專心！」黑虎在盛華俏耳邊咆嘯。

晚餐時刻，盛華俏一如既往地來到王瑞芳家裡，難得的是今日王家寧也在，就像過去的日子一樣。

「你們和好了？」盛華俏才吃下第一口飯便聽到王瑞芳這麼講，嗆得他不停咳嗽著。

「噗。」王家寧覺得有趣地笑說：「媽咪這句話刺激到你囉？」

「我說錯什麼了嗎？」王瑞芳不解地問。

「沒、沒事。」盛華俏連忙喝了一口水。

晚飯過後，盛華俏幫忙收拾碗筷，與王家寧陷入一陣沉默的尷尬，便想早點回到老祖廟裡，王家寧見狀說：「等一下，總要跟我敘敘舊吧！」

「好，那我等妳。」

他們一前一後離開王瑞芳家，一路散步至環形公園裡。王家寧盯著高聳的燃燒塔說：「離開那麼久，我都忘記我們尾牆的生活作息了。」

「尾牆變化許多，就這一點依舊沒變。」盛華俏說。

「是啊。」王家寧說：「而且雖然空氣中一樣臭，但味道似乎變淡了？」

的確近年來環保意識抬頭，加上新技術轉移，尾牆的空氣多多少少獲得了些微改善。

「是淡了一點，但是三不五時的油氣外洩就夠折騰了。」
「啊！」王家寧想起過去不好的回憶：「真可怕。」
「我都請老祖多派一些兵馬去看顧煉油廠，可惜人為因素是祂們插手不了的。」
王家寧突然說：「阿俏……我始終都沒問過你，神是真的存在的嗎？」
盛華俏很訝異王家寧這麼問，因為這對他是無庸置疑的問題。
「神當然是真的存在的。」盛華俏接著說：「其實我在老祖廟那麼多年，有許多事我都沒有提起過。」
「為什麼？」
「就怕怪力亂神啊！這可是師父再三囑咐我的。」
「還記得我要上大學時，我無法接受你的決定，後來我想一想，最主要的原因就是我對你正在做的事情一知半解，再加上從小到大你發生那麼多奇奇怪怪的事情，甚至影響到你，我潛意識裡對老祖廟無法諒解、甚至責怪。」王家寧又說：「老實說，我現在依舊不能理解你當初的決定。」
聽完王家寧的話，盛華俏心裡一陣糾結，他深深呼吸一口氣。
如果回到當時，他會選擇追隨王家寧的腳步嗎？
「有個姐姐曾經告訴我，他寧願我自己選擇人生的道路，也不希望我被牽著鼻子走。」盛華俏說：「只是如今看來，我還是一片迷惘。」
「看吧！當初就不聽我的勸說去讀大學！」
「是應該讀個宗教文化學系之類的嗎？哈哈。」
「如果你讀了也許我……」王家寧彷彿要脫口而出，急忙住口。

「嗯？」

「沒事。」王家寧問：「阿俏，你對未來還有打算嗎？」

「可能當老祖廟不再需要住持的時候，我就退休養老去了吧。」

近年來，盛華俏的住持工作也越來越流於形式化，傳統的求神問事已經越趨減少，當自我心靈的追求逐漸在這時代裡熱絡，人們自然更不需要找尋依靠便能解決問題。大考在即請神明庇佑之外更重要的是認真讀書；外出遠行希望神明能夠保佑平安到達也是要自己的精神飽滿、遵守規矩。

神明本來能做的就是在你做好準備之際，給你一份心裡的安定罷了。

萬法自然是神明不能違背的，這也是保生大帝曾經講過，然而諷刺的是電視新聞上卻層出不窮的發生神棍詐欺案件。

「那阿寧呢？」盛華俏問：「未來有什麼打算。」

「我打算出國工作順便在地進修。」

「這樣啊……」盛華俏的心裡意外平靜。

「只是想先回來尾牆待一陣子，呼吸一下這裡熟悉的味道啊！」王家寧開起玩笑，自己卻哈哈大笑：「還有看看你是不是變了。」

「變什麼？」

「變得更笨了。」

盛華俏靈機一動的說：「妳想體驗一下我的世界嗎？」

「什麼意思？」王家寧說：「難不成你真的變笨了？」

「就一天，不過妳要做好心裡準備喔！」

王家寧毫不考慮地說：「好啊。」

「那你後天早上拜早鐘的時候來老祖廟裡。」盛華俏說：「那天剛好有廟會活動，我也沒什麼事。」

盛華俏回到老祖廟後，在禪房裡翻閱著悔智留下來的書籍，果然如他印象中只有關眼，卻沒有開眼的方法，他興沖沖地來到正殿老祖面前擲杯。

「老祖在上，弟子想請老祖替王家寧信女開一天的天眼，可以幫忙嗎？」

保生大帝怎麼可能會答應這種無理的要求，當然是以蓋杯拒絕。

盛華俏苦惱之際，他內心一股聲音響起：「讓我來！」

「祢願意幫我？」

「不是幫你，是我覺得有趣。」

這是二十二年來，盛華俏第一次與祂對話。

「我該怎麼做？」

「看。」

看？當盛華俏再度詢問時已經杳無音訊。當天盛華俏結束拜早鐘後，王家寧依約來到禪房裡。

「哇！阿俏你的禪房變得好不一樣。」還在讚嘆的王家寧轉頭與盛華俏對上眼後，一陣驚呼：「咦？桌子上怎麼多了一隻怪貓咪？」

「啊！」沒想到開眼這個過程出乎盛華俏意料之外迅速：「妳的天眼已經開了，那是黑虎將軍喔。」

黑虎青眼怒視、虎尾豎起，似乎怒火中燒。

「什麼？祂是虎爺？」

「對……」盛華俏趕緊提醒：「妳要小心祂喔，祂是一位很威武的……」

王家寧將黑虎一把抱起，在懷中撫摸著黑虎的毛驚呼：「祂的毛好柔軟滑順，摸起來好舒服喔！」

盛華俏嚇得跳起身來，根本來不及阻止，這一剎那他千思萬緒在腦海中一閃而過——應該事前先提醒阿寧的，若是黑虎將軍一口把阿寧咬傷怎麼辦？早知道就別出這奇怪的主意了……沒想到黑虎意外的溫順，任由王家寧抱著，蜷曲在她懷中。

「當然，本黑虎是神，能不好摸嗎？」黑虎開口，王家寧嚇了一跳，差點將祂摔到地上。

「祢會說話？」

「我是神！」黑虎說：「還有，不准叫我貓咪。」

「阿寧，我覺得妳今天就待在禪房裡就好了。」盛華俏說。

「為什麼？我的天眼不是開了嗎？」

「我怕妳一個不小心，出了什麼差錯。」

「會嗎？虎爺？」

黑虎鼻孔噴著白氣，傲然地說：「只要妳抱著我，保證沒問題。」

「好啊，祢也沒什麼重量。」王家寧覺得有趣的將黑虎抬上抬下：「只是我沒辦法一直抱著祢，祢要自己爬到我身上喔。」

將近早上十點，來自頭振市的廟會陣頭、神轎陸續來到老祖廟，好不熱鬧。王家寧沒想到廟會除了各式民俗陣頭表演、富有歷史氣息的各種神轎之外，她透過天眼所看到的又是另一番景象，在天空中各個華衣錦服的神明來來去去，看得她驚呼連連。

誰又曾看過關帝聖君原來也是個風度翩翩的美男子？媽祖娘娘傾國的容顏和那雍容爾雅的舉止使人心悅誠服，還有城隍駕前的謝七爺與范八爺雖然面惡卻有一股親近感……

此時遠處發生了一股騷亂，一位手持長達二尺的紅木拐杖，方臉闊嘴且一頭白髮的神明駝背追趕著一團黑影而來，王家寧目不轉睛地看著那一團黑影，一股反胃的噁心感油然而生。

「妳別看。」黑虎說：「這是他們在這附近捕捉到的惡鬼，好像不小心讓祂逃了。」

「惡鬼？」王家寧渾身毛骨悚然。

此時盛華俏察覺有異，當即跑上前喊著：「等一下！」

「阿俏沒有開口，為什麼有聲音？」王家寧問。

「這是心通，就像你們的心有靈犀一樣。」

「喔！原來如此，真神奇。」

盛華俏跑到黑影面前，右手捏起法指憑空畫符而去，惡鬼瞬間被盛華俏的捆靈符給壓制住，動彈不得。

江仙官倫已迅即從老祖廟裡而出，急忙地問：「發生何事？」

手持紅木拐杖的白髮神明來到，祂拱手說：「我乃頭振境內土地，多謝這位兄弟相助。」接著便要帶走惡鬼。

「等等。」盛華俏轉頭對倫已說：「這隻鬼可不可以給我們處理？」

「可以是可以。」倫已不解地說：「但是為何？」

「因為我認識祂。」

這一隻惡鬼，居然就是李婉約！

在禪房裡，李婉約不發一語，蠕動著已不似人體的身軀，眼神兇狠、血盆大口的低聲怒吼，盛華俏感到難過地看著她，究竟是發生什麼事？為什麼李婉約會變成這樣？

王家寧感到害怕地退到角落處，緊緊抱著黑虎。

「阿寧，妳要先出去嗎？」

「不用，我可以的。」

「因為現在正殿人潮太多，只好先過來這裡處理。」

此時保生大帝來到，拂袖往李婉約一揮，她渾身的黑影淡下來，情緒也穩定許多。

「李婉約？知道我是誰嗎？」盛華俏問。

李婉約轉頭看著盛華俏，原本面無表情的臉龐瞬間又惡狠狠地說：「混帳！」

「她怨氣太強，小黑虎！」在保生大帝示意下，黑虎從王家寧手上跳下，大張虎口將李婉約吞入嘴中咀嚼，王家寧嚇得尖叫。

保生大帝皺著眉頭：「盛華俏你還真是固執……」祂沒想到獬豸居然答應盛華俏這種無理的要求，對於這一人一獸來到東礁宮裡頭，保生大帝始終抱持著這是天意的想法，也以禮相待，只是越來越發胡鬧了。

黑虎咀嚼一陣子後，一口氣將李婉約吐了出來，打了個飽嗝，隨後又回到王家寧手上。

王家寧現在才意識到祂眼中的怪貓咪，神威如此廣大。

李婉約的人形身軀幾近恢復原狀，她一陣嘔吐，吐出許多黑水後，看著盛華俏。

「認得出我了嗎？」盛華俏問。

「嗯。」

「發生什麼事了？」

「我……不太記得了。」李婉約說：「我死了是嗎？」

「妳的確死了，但是妳變成惡鬼十分不尋常。」

「我爸爸……死了。」

「艾瑞克李？妳是說艾瑞克李死了？」

李婉約搖搖頭：「我爸爸叫做李雲。」

「李雲？可是我聽妳講過，他是麗河建設的總經理不是嗎？」

「他是，但是在煉油廠爆炸後被撤職了。」

盛華俏恍然大悟，他又問：「妳爸爸怎麼死的？」

「自殺。」李婉約突然哭著說：「我才不相信我爸爸是自殺死的。」

李雲傳出自殺身亡後，李婉約的母親秦妮茜也跟著失蹤，當時的李婉約還在就讀高中，雖然每天都有管家與僕人照顧生活起居、食衣住行，但是她越來越覺得不對勁，這樣的生活讓她察覺受到監控，但是她又無計可施。

直到有一天放學時，秦妮茜忽然出現搶先載走了李婉約，一路上李婉約還來不及高興，秦妮茜就嚎啕大哭地說：「婉約，妳要記得幫爸爸報仇。」她將一個隨身碟遞給李婉約：「如果未來妳有能力，就把這裡面的資料公諸於世吧。」

「媽媽？」李婉約慌張地流著眼淚：「到底發生什麼事了？」

「沒時間了！這些妳拿著，足夠妳花費一段時間了。」秦妮茜將一個公事包交給了李婉約：「裡面有支票跟現金，妳找個地方好好生活，媽媽在未來會回來找妳，雖然不知道能不能……」秦妮茜將車停靠在路邊，緊抱著李婉約。

「妳要記得媽媽永遠愛著妳。」

搞不清楚情況的李婉約下車後，彷彿失去了全身力氣般癱軟在地，滿臉淚水的神情盡是恍然失措，她看著秦妮茜離去的方向，沒多久霍然傳出一聲巨響。

李婉約不安地跑向前，就在前方轉角處，秦妮茜所開的轎車被撞成一團廢鐵，煙霧迷漫……

「瘋狂」成了李婉約未來日子裡的代名詞。她居住在一間老舊公寓裡的套房，開始不眠不夜地察看秦妮茜留給她的資料，她陷入其中的世界探尋著，絞盡腦汁地想出復仇計畫。她日夜消瘦而且好一段時間沒再見到陽光了，然而精神剝奪了她的一切，她瘋了。

在李婉約死亡之前，她將那個硬碟藏在套房的天花板裡，趁著她還有一點清醒，總該做一些有意義的事情，接著她打開面向馬路的窗戶，一躍而下。

李婉約想起了一切，渾身的怨氣逐漸濃厚起來，這種深根蒂固的力量是最難以化解的，不止是凡人，誰能經歷過這些事情後還能簡單的輕輕放下？

保生大帝內心感嘆，若是能幫助她化解自然是好事，不然就只能讓地府的黑白無常拉下去了。是非曲直、善惡分說就讓地府做出裁示判決吧！

然後趕緊輪迴再投胎，忘掉這一世的恩恩怨怨……

「我會幫助妳將那一份資料公諸於世的。」盛華俏說：「至少讓妳在地府的日子裡能好受一點。」

「謝謝。」李婉約的怨氣越來越濃，轉眼間她又失控了：「混帳！」她血盆大口地陰笑著。

「我還要再一次嗎？」黑虎問。

「不必了，張聖者速速通報地府處置。」若是李婉約再這麼下去肯定會成為一方鬼主，適時可就麻煩了。

王家寧開天眼的這一天，若是要客觀的做出結論可是值回票價，最後連黑白無常也見到面，無數的凡人可是只在離世之時才有這個機會！

但是王家寧早就魂不守舍，盛華俏見狀十分緊張的請保生大帝幫幫忙，保生大帝只笑著說：「誰讓你固執，要開她天眼！」

慶幸盛華俏幫王家寧進行收驚之後，已經好許多了。

「阿俏……」王家寧眼淚潰堤地抱著他，盛華俏一時不知所措地說：「阿寧，妳還好嗎？」

禪房裡的眾神彼此使了眼色，早就消失得無影無蹤，唯獨黑虎將軍有點依依不捨的離去。

「早知道我就不要答應你了，我的心情好複雜、好傷心。」

「沒事了，其實我平日也不會遇上這種事的。」只是今天就這麼恰巧讓王家寧碰見了。

「你真的要去拿那一份資料嗎？」王家寧哭紅腫的雙眼看著盛華俏。

「對！」盛華俏說：「我是不能坐視不管的。」

「那我也要陪你去。」

「不用了，我會跟春花叔叔講這件事，之後再討論怎麼處理。」李春花是盛華俏心裡頭唯一的人選，畢竟他也是尾牆自救會會長，而村長王豐榮已經老邁，艾瑞克李管理的委員會自然是不可信了。

「那你千萬要注意安全。」

「放心啦，這件事沒有危險性的。」

隔天盛華俏帶著執意要跟隨的王家寧來到李春花的西服店裡，李春花正在趕製一件客製西裝，他讓盛華俏與王家寧到店面後方的客廳等著，忙到一個段落後捧著兩杯柳橙汁而來。

「果汁給你們喝。」在盛華俏二人道謝下，李春花笑說：「家寧好久不見了，變得很漂亮哦！」

王家寧害羞地說：「謝謝。」

接著盛華俏將昨日發生的事情一五一十敘述，李春花不禁眉頭深鎖，卻藏不住雀躍的表情。

「這件事，等我們拿到那一份資料後再說。」

「那什麼時候去拿？」

「就現在吧。」李春花迫不及待地說：「我等等交代一下事情後就出發。」

李春花心想，這件事如果沒猜錯，肯定與泉鹿山裡頭的事情脫不了關係。他與盛華俏、王家寧一同來到位於頭振市區的老舊公寓套房門前，他們按下門鈴後並沒有人應門。

「我去詢問一下隔壁。」隔壁房裡住著一對老夫妻，李春花一問之下才知道他們就是這間套房的主人，也是整棟公寓的所有人。

「人死了，這房間就沒有人敢住了。」老伯伯行動緩慢地拿著鑰匙開了門。

「那女孩子的東西不是都被警察拿走了嗎？」老婆婆在隔壁叫喊著，看來這邊的隔音並不太好。

「沒有啦，那是我之前來的時候放的東西，忘記拿了。」盛華俏微笑說。

「好啊，那你找看看唄。」

套房裡大約五坪大小，卻應有盡有，盛華俏隨意拿了一張高腳椅墊腳，他打開天花板的木板四處摸索著，找尋許久卻不見有隨身碟的影子。

「在這裡！」王家寧在廁所裡喊著，只見她一樣踩著高腳椅從廁所天花板上拿下一個銀色隨身碟。

盛華俏好奇地說：「妳怎麼知道在那邊？」

王家寧聳聳肩：「人在傷心的時候總會往廁所裡去吧？」

「去廁所幹嘛？」

「哭啊。」

盛華俏聽得不明所以。

回到西服店後，他們來到李春花的工作室裡，盛華俏將隨身碟插入桌上的電腦主機上。李春花內心異常激動，他克制不住顫抖的手，示意讓王家寧操控電腦，多少年來的答案呼之欲出。

隨身碟裡頭是一張又一張的挖掘現場照片，照片裡頭時不時就有一名男子手持著一張地圖指著上方位置，似乎在表達挖掘進度。看著這名男子的神情，似乎就是李雲。

李春花示意王家寧將男子手中的地圖放大，那張地圖分明與他手上的完全不同，而且註明的更加精細。隨著照片一張張翻閱著，顯示出挖掘似乎有著困難度與瓶頸，每每男子手指著地圖上的路線盡頭，卻沒有得到任何進展。

李春花感到驚愕，這簡直是把泉鹿山底都挖一遍了。

最後幾張疑似是煉油廠爆炸後，引發挖掘坑道崩塌的照片。碎石泥土散落一地，等同於他們多年來的挖掘進度受到嚴重影響。

照片後頭則是幾張文字檔案，王家寧點開第一份後，標題寫著：「右墓室陪葬品項目。」

右墓室的陪葬品主要為金銀寶石類，包含各式飾品、工藝品、甚至是直接裝箱的金條。

「金條數目共三萬兩千條……」盛華俏瞠目結舌地說：「那到底是多少啊？」

「這是真的嗎？」王家寧有點困惑地翻閱著：「這個意思是泉鹿山裡面有著一座大墓，然後它的右邊墓室裡埋藏著那麼多的寶藏？」

接著王家寧點開「左墓室陪葬品項目。」檔案

左墓室的陪葬品則是以各種奇珍異寶為主，琳琅滿目的窯製品，各種廣為流傳的知名書法與畫作，光是最大宗的夜明珠就有九百九十九顆。

「還有魚腸劍？不會真的是那個歐冶子製作的魚腸劍吧？」盛華俏心想這獅豸搞不好見過。

而「主墓室陪葬品項目」則是一片空白，下方則寫著：「非目標。」

「所以他們的目標是要挖掘出左右墓葬裡的陪葬品？」王家寧說。

「看來是這樣。」李春花說。

「不會吧！」盛華俏難以相信從小看到大的泉鹿山裡面居然有著這些寶物。

李春花現在才明白，原來他們的目標根本不是什麼風水寶地的龍巢穴，而是那「老爺」的陪葬品啊！這樣就可以理解為何當初蔡貴昌敢獅子大開口的索討五十億元，他肯定是以退出這場挖掘競爭為要求，畢竟當年來速貨運因為爆炸所受到的波及最為嚴重，已經到了公司

停擺的地步了。

五十億與泉鹿山裡面的陪葬品相比，根本小巫見大巫！

最後一份文字檔案則是「泉鹿山挖掘規劃筆記。」策劃人為黃月娥，也就是麗河建設的董事長。

裡頭詳細記載著麗河建設的挖掘計畫，早在煉油廠當年建設時就已經建立完畢。當年以尾牆煉油廠的建造作為幌子以進行「老爺」的下葬為主要目的，在煉油廠完工後的兩年「老爺」成功入葬並且以鐵漿灌注封住入口，當年參與造墓的人在拿了一筆不小的資金後盡皆被送至國外，且一輩子不得入境。

唯獨幾名「老爺」的親信與心腹留下來守護著，扼殺一切蛛絲馬跡的可能性。

而黃月娥的丈夫就是「老爺」的心腹之一，原因不明的在二十四年前逝世後，黃月娥便展開這個挖掘計畫，原本她以入主煉油廠管理層的方式再接手布局，再且只要將鐵漿灌注的墓葬入口打開就好，沒想到發生了泉鹿山的山體崩塌事件。

這件事是導致煉油廠一連串的抗爭起點，更不用說崩塌後的泉鹿山等同破壞了當時的入葬坑道，就連入葬口自然也無法找尋得到，即便有了地圖也沒用，再加上看似遙遙無期的尾牆抗爭，一切計畫只能停擺。

但是黃月娥不願意就此罷休，她開始重新布局安排。只是這一切走漏風聲後引起了富商蔡貴昌的注目，他花了一筆數目不小的金錢才得知這件事情，自然不會錯過這「富可敵國」的財富。

只是他們不知道的是，這些動靜早就引起了當年「老爺」其他還活著的親信與心腹注意。以國軍英雄館為首的元義太老先生就是親信中的帶領者，他與黃月娥、蔡貴昌這三大勢力跟隨黃月娥策動的泉鹿山周邊開發計畫而入主，自然是要阻擋黃月娥的野心，但是黃月娥的計畫書上卻寫著：「國軍英雄館毫無動靜？」

一點動靜都沒有的元義太到底在想什麼？

若只是警告意味那的確十分濃厚，但是黃月娥根本不吃這一套，她大手筆買下尾牆、泉鹿山上的土地，能買多少就買多少，就算當時引起尾牆地價的倍數上漲她也毫不在乎，成功搶下泉鹿山坡地的開發案後，她馬上就著手進行樂活村的開發……

直到後來突如其來的煉油廠爆炸案，即使已經確定為人為因素，至今仍找不出兇手。那一場的爆炸促使蔡貴昌的退出，黃月娥自然樂觀其成，即使挖掘計畫影響甚鉅，但她相信挖到右墓室的時候已經指日可待。

但爆炸案與蔡貴昌的死亡已經讓黃月娥認知到自己的危險逐漸逼近，她不得更低調且避人耳目，於是她讓艾瑞克李入主尾牆的信仰中心老祖廟，推動一連串的新興計畫，她相信有了人潮後的尾牆會使她更加放心……

最後她寫下李春花的到訪，讓人感到可疑。

李春花看到這一行字不禁冒著冷汗，當初自己果然引起注目，也許當時選擇放手的決定是對的……

李春花三人將電腦關機取出隨身硬碟後，回到客廳久久不語。這些事情在盛華俏與王家寧的眼中有如科幻小說般的存在，這個世界上竟然會有這種事情發生！

「現在要怎麼辦？」盛華俏問。

「當作不知情是最明智的選擇。」李春花說：「這件事情已經接近尾聲了，我們沒必要淌這渾水。」

「可是我答應過李婉約要公諸於世！」

「那也要看時機，現在如果這麼做等同於提著油去救火。」

「我認同春花叔叔講的。」王家寧說：「我們只是平凡人，要一口氣做出英雄般的事情是不可能的，而且我們形勢不明，這麼做太莽撞了。」

但盛華俏執意要那麼做，一時之間三個人爭執不下，王家寧一個情急之下，她起身打了盛華俏巴掌，語帶哽咽地說：「笨蛋！我不想失去你。」

盛華俏茫然，他如夢初醒地想著，他到底在幹嘛？

李春花卻忍不住笑了出來。

在王家寧的規劃下，再過幾天她就要出國了，一去又是個多少年月？盛華俏這天並沒有出來見王家寧一面，他們倆的關係彷彿透露出一絲名目卻又在此結束。

但這次盛華俏並沒有傷心，在尾牆難得的湛藍的天空下，他打從心裡祝福王家寧一切順利平安。

「老祖在上，弟子有事情想問，弟子雖然身為住持，但還是對未來迷惘，老祖願意指一條明路給弟子嗎？」笑杯。

「那弟子並未剃度出家，未來可以有子嗣嗎？」笑杯。

「弟子很久沒有見到師父了，祂還好嗎？」笑杯。

「請保佑王家寧這次出國，一路平安順利！」盛華俏將筊放回神桌上，內心充滿悵然。

若是七歲那一年他別在大雄寶殿裡頭跌了一跤後又跑去念經，也許現在他也不是老祖廟的住持了吧？

再幾個月後，就是尾牆抗爭滿二十三年，距離煉油廠停工剩下五年，尾牆將為此在車水馬龍的尾牆夜市招牌上，再加上一個停工倒數燈座，並且擴大舉辦遊行活動，呼籲煉油廠方別忘記二十五年的允諾期限，這次的主辦單位為尾牆自救會。

遊行當天，盛華俏搭上宣傳車，他手上拿著麥克風嘶聲力竭地大喊：「要空氣！要土地！要自由！」

李春花聽了之後立即湊到盛華俏耳邊說：「要自由這個不用吧？」

「要空氣！要土地！要未來！」

李春花點點頭：「這樣可以。」

繞行尾牆一圈後，他們來到夜市裡，燈座掛上，倒數一八二五天。

（十六）

麗河建設的股價已經連續十一天的開出漲停板，股市一片譁然，紛紛見證這股市難得的價格奇蹟，心動難耐的早就加入戰場，不知不覺形成一股追高的意識形態。

背後的原因很簡單但仔細端詳卻又複雜，市場有風聲傳出麗河建設在未來的業外淨利收入將預期達到每個月兩百億的誇張數字。

主業為建設營造的麗河建設是該如何創造每月兩百億的業外淨利收入？

質疑聲浪早就在一片失心瘋的追逐者腳步下被掩蓋。

此時在泉鹿山下地底裡，麗河期盼了數十年，終於打開了右墓室的大門，董事長黃月娥也在那兒見證這歷史性的一刻……

這一陣子來到老祖廟東礁宮求助的人變多了，除了少數尾牆居民以外，大多數都是近期來過樂活村自然景觀公園的遊客，每個人雖然有著不同的徵兆，不論是噩夢連連、魂不守舍甚至是胡言亂語等等，都讓盛華俏察覺這裡頭事有蹊蹺，保生大帝也指派江仙官倫已前去泉鹿山上調查。

間隔數日，老祖廟前天公爐接連發爐。

畢竟茲事體大，但是身為主委的艾瑞克李卻不想插手此事，只好讓副主任委員鄭富吉召集李春花與委員會眾人來到老祖廟正殿前，由盛華俏帶領三跪九叩之後，進行擲筊問公事。

盛華俏自有印象以來，他所認知的發爐往往是遊客太多，導致香爐上的香和香灰來不及清理而達到燃點所引發的。

今日明顯不一樣，畢竟他可是親眼看著中壇元帥手持火尖槍往香爐裡頭點火。

「這麼做，會不會太大費周章了？」盛華俏不免問，泉鹿山再有多大的異樣，由江仙官、張聖者夥同外五營處置不就得當了嗎？

「沒辦法，這牽扯著很重的因果關係，不能就這麼私了。」江仙官倫已表情嚴肅地說。

「是什麼事？」

「這我不好說。」倫已尷尬地笑說：「看看獬豸願不願意告訴你了。」

盛華俏束手無策：「我活到今天祂也只跟我講過三句話，還是算了吧。」

看著鄭富吉正在與保生大帝擲筊商議，盛華俏雖說可以趁著天眼已開之便，在居中當作橋梁進行溝通，但他一點也不想這麼做。只能說干涉到的層面太多，如今知道他有天眼能力唯獨李春花與王家寧二人，一位是成立於老祖的認可，另一位則是因為他渴望被理解的衝動，都是與他親近之人。他也知道，當他秉持神意在這千載難逢的機緣下為神辦事，若是能與神明溝通這件事讓世人知道後，豈不本末倒置？再且自己會有天眼也是因為獬豸的關係，不讓他人知道更是對祂的一份尊重。

為了讓委員會做好事前準備，保生大帝將日期預定在後天傍晚七點，將由中壇元帥安座在俗稱四駕的四鑾轎，前往泉鹿山一帶處理，並且還要準備數份的三牲四果與為數不少的金紙、銀紙供奉在欒活村的大門口處，而李春花將負責準備這些供品。

這一晚已經就寢的盛華俏，被自己叫醒。
「走吧。」
「誰？誰在說話？」盛華俏嚇得起身東張西望。
在盛華俏內心傳來聲音：「是我。」
「祢？獬豸？」
「去泉鹿山。」
「究竟是發生什麼事了？」
「說來話長。」
盛華俏只好起身準備，腦海閃過一個念頭，是不是該請保生大帝協助呢？
獬豸打斷說：「先不用。」
往泉鹿山的路上他們一神一人彼此沉默，這分明是盛華俏早已十分習慣的相處，為何在這個當口卻顯得尷尬？
走至泉鹿山上時，獬豸卻先開口：「在我離去後，三尾白狐接續我在此維持結界，如今卻被破壞。」祂嘆了口氣：「也是難為她了。」
「三尾白狐？祢是說容瑜姐姐嗎？」
獬豸默認：「我習慣叫她三尾白狐。」
「為什麼這裡有結界？」
盛華俏感受到獬豸傳來一股悲傷之感：「泉鹿山曾是何等的秀麗，如今卻殘破不堪，任誰也無法帶走它的哀愁。此結界就是為了遏止你們凡人造下的孽障，去反噬無辜的人。」
「我不懂，難道泉鹿山還有什麼嗎？」

「沿著這條路而上的半途中有一處新墳，那都是數十年前在此因公殉職的無主屍骨。」獬豸說：「想必你也知道他們是為何而死。」

「你說忠烈祠嗎？」盛華俏霎時間毛骨悚然：「你說因公殉職？所以是建造煉油廠或者是挖掘泉鹿山裡的坑道而死亡的？」

「沒錯，而那新墳裡只不過是少數，如今還埋在山中的屍骨數以百計，我即便為神卻又何能叫祂們安息？」

而當時本該一舉滅掉這些帶著怨氣的鬼魅，卻是在容瑜的求情下放過他們。只要他們安分守已，不惹事生非的話，就算是藉著自身靈氣能使他們早日遁入輪迴也罷。

只是沒想到如今……

屍骨未能寒，曾經是工兵連隊的祂們，已經按捺不住那數十年來的怨氣，麗河建設的再度挖掘使祂們感到不受尊重，上古神獸霍然逝去讓祂們連再度輪迴的希望渺茫，三尾白狐的不告而別，更是壓垮駱駝的最後一根稻草。

祂們無主而占據泉鹿山，決定自成一方勢力，致力於解救凡世間無數悲慘靈魂。若是沒有誰能幫得了祂們，乾脆自己來！

短短時間內，泉鹿山怨氣深重，至陰至極。

當盛華俏走至樂活村大門口處，一個排的軍人從中踏步而出，他們身穿復古軍服，身背舊式長槍，踢著正步。

「我能幫祢們什麼？」盛華俏喊著。

踏著正步的軍人一致停下腳步，紛紛轉頭面無表情地看著盛華俏，接著又踏著腳步離開。

此時獬豸的青色尾焰從盛華俏胸口奔騰而出，祂叮嚀著：「不用緊張，這樣無礙。」綻放開來的青光讓正要離去的軍人臉色大變，舉起手中長槍，吹起長哨。

沒多久，樂活村大門內外擠滿了無數軍魂，祂們神色緊張地舉起手中武器，靜默地看著這照亮天空的尾焰。

「獬豸說，祂不會滅掉祢們，但是希望能和祢們協談。」

「我們已經不相信任何人了，要滅就滅吧！」一名軍人喊著。

「先等等！若是祂的話，就聽看看吧！」另一名軍人說。

軍人們七嘴八舌爭執起來，獬豸擺動尾焰，祂們又瞬間安靜下來。

「今天來，是因為有這一份因緣，來完成這一個未竟之事。」盛華俏照著獬豸的意思說：「如今尾牆東礁宮主持在這，呃，就是我，他明白一切的來龍去脈，祢們又何必走上這條路？」

「就算東礁宮來又怎樣？我們的屍骨都沒著落了，還能去哪？」

「不用去哪，屍骨遺物我會盡我們的力量幫祢們找齊。」盛華俏說：「而我也會去幫祢們爭取建造在泉鹿山上的萬應公廟，由東礁宮委員會負責管理。」

軍魂們面面相覷，這麼聽起來似乎一舉兩得，也算是個著落了。

「要多久？我們不想再等了！」一名軍人說。

「我們可以馬上處理，後天東礁宮的中壇元帥也會上來主事。」

「那祂可不能帶兵馬。」

「也不能帶武器！」

「最好祂自己過來就好！」

眼看軍魂祢一言我一語，盛華俏又說：「所以祢們是否答應？帶頭的長官呢？是不是願意出來商談？」

「你等我們一下！」樂活村內外軍魂登時鳥獸散，盛華俏內心難免忐忑。

「若是祂們不答應該怎麼辦？」盛華俏問。

獅豸只回了一個深長的嘆息。

接著軍魂又一個個回到樂活村門口，其中階級為上士的軍人走上前，祂說：「在此之前，我們有一個請求，如果能幫我們完成，一切都好說。」

「什麼請求？」

「找人。」

這一晚由盛華俏將在廣場的四鑾轎完成淨轎後，便由鄭富吉請出中壇元帥神像安座，不等盛華俏進行請神儀式，當四位老祖廟委員將轎子抬起，便有一股力量帶領著他們直往泉鹿山的方向而去。

盛華俏與鄭富吉夥同委員會一行人跟隨著四駕後方，一路來到煉油廠門口短暫停留，就轉換方向走入環形公園，繞過煉油廠區直往國軍英雄館而來。

國軍英雄館燈火通明，門口的警衛趕緊打開大門，雖然這個時段已經不是開館時間，但早已接獲通知，也保持全館的明亮。

四駕進入國軍英雄館後，隨即來到地下展覽室裡，當盛華俏再度走進展覽室，讓他想起曾經在這裡感受到的異樣，但那股壓迫與怨念早已不在。

目前是展期空檔的展覽室空蕩蕩的，四駕來到右側牆面的三分之一處，中壇元帥便指著牆面說：「這邊要挖開。」

「挖開？」盛華俏存疑地說：「有辦法挖嗎？」

「不然讓你們一群人來幹嘛？」中壇元帥叉腰說：「給我挖開！」

鄭富吉詢問之下，也明白中壇元帥的意思，他睜大眼睛說：「現在？要挖？」他狐疑地確認再三，四駕在牆面大敲三下，以示其意。

鄭富吉只好硬著頭皮與國軍英雄館管理層協商，約三十分鐘後終於獲得首肯，便徵調了一台電動破碎機與挖掘工具往中壇元帥指示的方向進行施工。

大理石牆面在破碎機的作用力下應聲而碎，沒多久就挖出足球大小的洞口，在不深的牆面後頭多少可見深色的泥土，似是已經挖到泉鹿山的山體，在中壇元帥示意繼續往內挖掘下，大夥兒便改用園藝鏟刨除洞口裡的土壤。

「咚！」一聲低沉聲響從洞口內傳來，鄭富吉接過手小心翼翼地鏟出一團被泥土包覆的物體，輕輕地撥開泥土後，赫然發現是一把老舊的四五手槍！

「就是這個！」中壇元帥用火尖槍奮力的往四五手槍的槍身戳下，手槍裡傳來一股哀傷的氣息，接著出現了一位身穿復古軍裝的灰色形體。

「多少年月……如今終能重見天日了。」灰色形體哽咽地深深鞠躬：「不盡感謝。」

「我乃尾牆東礁宮中壇元帥，祢報上名來！」

「我姓赫，名為虞，生前是一名工兵連隊的連長。」

「那就是了！隨我來吧！」

「對不起，我現在並沒有追隨的意思。」

「祢別誤會了！是你過往的弟兄如今正在造亂，需要祢的幫忙！」

「啊！祂們在哪？」

樂活村的門口已經架好近十張五尺圓桌，上頭已經擺滿各式供品，除了三牲四果，還有許多的酒水零食與飯菜等等。李春花準備就緒後，帶領著現場所有人燃香敬告，進行三拜禮，不一會兒現場開始吹起陣陣涼風。

這是泉鹿山軍魂數十年來第一次受到款待，祂們各個神情緊張、小心翼翼地靠近，當一名軍人開始大快朵頤，所有軍魂便一哄而上。

風吹得更大，體質較為敏感者已經開始出現不適，李春花只好讓眾人先退回後方路口休憩，等待著中壇元帥的到來。

酒過三巡，泉鹿山軍魂也放鬆下來，祂們趁著酒性哼起歌，那是久遠家鄉的調子，雖然都記得不全，但大夥兒一同唱著彷彿回到祂們輕裝上陣之時。

中壇元帥四駕已經來到，在祂的神像前放著一把還沾著泥土的四五手槍。赫虞心裡有點慌張，不知道該怎麼面對過往弟兄們。

熟悉的曲調從遠方傳來，赫虞眼眶不由得濕潤。

李春花一行人瞧見四駕來到，紛紛站起迎接。

「春花叔！你們怎麼坐在這裡？」盛華俏問。

李春花尷尬地笑著，一名老祖廟委員嚷嚷著：「上頭太嚇人啦！陰風吹得大。」

「那是好事啊。」

「好事？華俏師父你可說笑了。」

這時中壇元帥玩心一起，便搗蛋似的往樂活村門口衝去，眾人眼看四駕飛奔向前，也趕緊跟上。

「各位吃得可滿意啊？」中壇元帥踏著風火輪四處亂竄問候，泉鹿山軍魂早就嚇得落荒而逃。

「怎麼啦？幹嘛又躲起來了？」

「三太子祢別鬧了！」盛華俏說：「祢今天可是奉保生大帝命令來辦正事的。」

中壇元帥無辜地說：「我也沒做什麼啊！祂們不是都跟獬豸見過面了嗎？怎麼顯得我比較恐怖？」

當盛華俏胸口青光隱隱若現時，中壇元帥馬上清了喉嚨：「我乃東礁宮中壇元帥，奉保生大帝令前來，剛才若有冒犯還請各位別見怪！」

軍魂們這才紛紛探出頭，同一位階級為上士的軍人走了出來：「我叫郁禾，不知元帥是否找到赫連長？」

「等等，祢吃得可滿意啊？」中壇元帥問。

郁禾愣住：「啊？還不錯。」

「那就好！我當然找到祂啦。」中壇元帥東張西望：「咦？人呢？」

中壇元帥風火輪踩下，飛身尋找赫虞，卻發現祂雙膝下跪在後方路口中，負荊請罪。

「赫連長，祢這是在幹嘛？」中壇元帥不解問。

「我有愧於大家，如今何能以連長自稱？更是無顏面對。」

「雖然我不明白祢們過往之事，但若能讓這份因果做個了解，也是美事一樁。」中壇元帥說：「況且祢受困於槍之中數十年，也算是贖了一回罪，剩下的並不該一肩扛起啊！」

「是啊，連長。」郁禾領頭走來，連長聲四處而起，泉鹿山眾軍魂列隊來到赫虞面前。

「郁上士！還有各位……」赫虞看著昔日工兵連以及其他曾一同共事的弟兄，內心百般煎熬、酸苦。

「連長，趕快起身吧！」郁禾將赫虞扶起，激動地說：「若真要我們怪罪祢，就只有祢比我們先走一步吧！」

赫虞慚愧地說：「我對不住大家。」

「大夥兒也早明白緣由，雖然這一段路走來並不容易。」郁禾身上的怨氣逐漸加重，中壇元帥見狀上前拍向祂的肩頭，打掉怨氣。

郁禾點頭致謝，又說：「但如今有一份因緣，能讓我們獲得解脫，就該拋下過去是非，讓我們重新來過。而且祢看看各位弟兄，早就盼著祢回來領導大家呢。」

赫虞看著大夥兒，沒想到他深困數十年，最後只在自己的一念之間。

「是，祢說得沒錯。」赫虞說：「各位弟兄如果不嫌棄的話，我願意再帶著大家，繼續完成使命！」

泉鹿山眾軍魂不需再多說一語，在他們帶著淚光的堅毅眼神中，舉起右手敬禮！

身為連長的赫虞，他下了數十年後的第一道命令：「弟兄們……我們回家了。」

這一天後，泉鹿山彷彿變得漂亮許多。

（最後）

麗河建設的業外淨利並沒有如期達到，股票市場深綠下伴隨的哀號聲是聽不見的，一瀉千里的股價讓多少人站上那高樓平台，迎著勁風考慮著下一步是不是往下跳比較好？

黃月娥親眼所見，右墓室裡空無一物，她當場暈倒，從此一病不起。

「哈哈哈！」已經行動不便的白義禮雖然連笑都感到吃力，但這種折磨數十年後能夠親眼見證的快活，實在沒辦法讓他不笑。

「外公！你在笑什麼？」孫女白慧芷已經十三歲，笑起來臉頰上的酒窩實在讓白義禮感到迷人。

「因為你爸爸要六十歲大壽啦！外公開心！」

「你們都好老了喔。」

自從泉鹿山軍魂一事塵埃落定後，萬應公廟的興建也在籌備當中，但盛華俏卻時常覺得內心煩躁不安，隱隱約約中似乎在透露什麼事情要發生了。

「真的好奇怪，這算是壞預兆吧？」盛華俏喃喃自語，心裡頭似乎更沉重了一些，彷彿體內的獬豸也如此認同。

這一晚，悔智來到了禪房外，祂意外的到來讓盛華俏開心不已，然而悔智卻眉頭深鎖，語重心長地說：「華俏！你將有個劫難來到，不論發生什麼事你都要切記，不要違背天意！」

盛華俏內心忐忑地問：「師父你能告訴我發生什麼事了嗎？」

「到時候你就知道了。」

一晃眼兩年已過，當時悔智的囑咐盛華俏雖然猶記在心，但那之後的日子卻什麼事也沒發生，且不安感早已經消失，便不太在意。

麗河建設董事長黃月娥臥病在床而辭去董事長一職後，麗河建設管理層級也因此人事大調動，在官方主導之下進行了一場公開透明的遴選制度，大量引用民間人才來入主麗河建設，替換掉原有的政府派人馬，僅總經理艾瑞克李仍然在職，以助企業轉型。

無聲無息的，卻難掩李春花情不自禁的神情。

「一切都結束了。」

「結束了？」李春花問：「什麼意思？」

「你自己明白，除非你想另起開端。」白義禮躺在床上說：「但那也不過是白費工夫。」

「那麼多年來，你願意跟我坦然相見了嗎？」

白義禮乾笑：「這幾句話是我最坦白的實話，只因為你是我的女婿。」

「我心裡有個底。」李春花也不想打破砂鍋問到底，他知道這樣就夠了。

也許有誰會怪罪於真相從未公諸於世。

但這世間上的正義使者少之又少，能斷言正義的又有誰能做到？

至少李春花知道他什麼都不是，他只能盡他最大的力量去維護他眼中的正義，面對這件事情，他寧願承擔這往後日子該有的罪惡，出手畫下一個句點。

並起祈求未來的光明能夠灑脫每一處會發生的黑暗。

這日一名意外之客來到老祖廟裡。

「聞凌君座下信使疾步驢拜見！」一名肥胖身材有著白皮膚、雙眼通紅且背上有著「信」字旗的妖怪來到。

江仙官倫已連忙從老祖廟裡飛奔而出：「有失遠迎，還請見諒。」

疾步驢將信字旗拿下後插入老祖廟前廣場，一張請帖從中飛出往倫已而來，倫已接過一看，上頭邀請的對象居然是盛華俏。

「恭候大駕！」疾步驢一個轉身已經不見蹤影。

在禪房裡，江仙官倫已拿著信來到，後頭跟著老祖廟眾神。

「聞凌君邀請你明日到妖界，這下去與不去都是個問題。」倫已將請帖遞給盛華俏。

黑虎將軍打趣說：「這下麻煩囉。」

「黑虎，聽說聞凌君有邀約過祢，難不成祢也想去？」中壇元帥說。

「我呸！誰想去那個地方。」

「聞凌君是誰？」盛華俏對小時候發生的事早就忘得一乾二淨了。

倫已簡單地將事情經過敘述了一遍，盛華俏聽完後說：「所以牠還算是我的救命恩人呢！」

「但牠可是身居妖界宰輔的聞凌君啊！」倫巳又說：「況且那又是妖界，神界與妖界自古便井水不犯河水。」

「保生大帝怎麼看？」

「保生大帝兩天前就已經前往天庭了。」

「那好吧，我就去啊！」

「當真？」

「若不去會更麻煩吧？」

「那……獬豸呢？」

獬豸始終保持沉默，盛華俏感受了一下後說：「祂應該是沒意見，但是我要怎麼去啊？」

倫巳苦惱地說：「妖界之事我也不太明白，既然牠邀請你自然有辦法把你帶去吧。」

盛華俏尋思：「不會要我靈體出竅吧？我可做不到。」

半夜裡，盛華俏睡夢中清醒起來，眼前一頭龍首巨獸正看著他，讓他嚇得叫出聲：「天啊！這是什麼東西？」仔細一看這巨獸的青焰尾巴，這才讓盛華俏認出來：「祢……是獬豸？」

「上來吧。」

「要去哪？」

「妖界。」

盛華俏好不容易爬上獬豸的背上，才發現自己靈體出竅，他好奇地問：「真的要這樣去妖界啊？」

「不然帶著你肉體供妖享用嗎？」獬豸帶著盛華俏穿牆而過，直往東北角天際飛去。

雖然盛華俏與獬豸已經共處了那麼久，但他還是對獬豸一點也不熟悉，這算是他們第一次的相見吧。

「我可以問祢一件事嗎？」盛華俏看著眼前獬豸那晶瑩透亮的獨角說。

「嗯？」

「……沒事。」雖然好像很多事情想問，但盛華俏卻又忽然覺得沒這個必要，彷彿很多事他們早已感知。

「那個女孩，你可以好好把握。」獬豸說。

「啊？」盛華俏面對眼前神獸說出這樣的話，一時反應不過來。

「王家寧。」

「喔！祢也知道她啊。」

「……廢話。」

盛華俏不好意思地笑了一下。

天空逐漸露出魚肚白，在尾牆的東北角地區是一片荒蕪的山區，也許就是因為杳無人煙的關係，妖界通道才會設置在此吧！

盛華俏回頭看，已經看不到尾牆，但是卻瞧見遠方有一片翻動迅速的雲層往他們而來。

獬豸也察覺有異，停住腳步回頭觀望。

「且慢！」響亮的聲音傳來，盛華俏耳裡嗡嗡作響。

一名手持三間兩刃神槍、身穿銀袍戰甲，額頭中間第三隻眼緊閉，率先來到獬豸與盛華俏面前阻攔，祂正是神界戰神、二郎神楊戩！

「獬豸，我奉旨將祢帶回天庭覆命，跟我走吧！」

「可笑，我豈會聽命？」

「由不得祢！」二郎神神槍一出，排山倒海往獬豸而來。

「好！」獬豸獨角散發著七彩光芒，將二郎神手中神槍頂住，口中發出怒吼，一道青焰從祂口中噴出，二郎神立即轉身閃避。

「你趕緊往妖界而去吧！」獬豸來到地面將盛華俏放下，楊戩正旋轉著手中神槍，蓄勢待發。

「我不去！」盛華俏充滿困惑，為什麼突然就要將獬豸抓走？

「那便等我吧！」

獬豸騰空而起，祂看著二郎神說：「勸祢退回。」

二郎神楊戩哈哈大笑，在神界裡被譽為戰神之名的祂，豈有退步之說？

「一招。」獬豸渾身散發七彩光芒，此時祂一點也不想浪費時間，盛華俏的靈體在外若是受到一點損傷可就回天乏術了。

「好！一招！」二郎神神槍插地，雙手結印往額頭碰觸瞬間，慧眼已開！

七彩光芒在獬豸周圍散發出一圈圈漣漪，逐漸往獨角凝聚成一點，祂往天空飛去，轉身直撲而下。

二郎神三眼全開，神槍流轉光芒宛如有了生命，三間兩刃並非毫無來由，慧眼金光導入槍身，直衝上天。

相交之下光芒乍現，嗡嗡聲響徹雲霄，在難分難解之下，一道黑影直竄上天往獬豸咬下！

獬豸悶哼一聲重摔在地！黝黑透亮的右前肢滲透著鮮血。

二郎神大笑說：「可別忘了我還有哮天犬！」

隨著騰雲到來，上頭都是二郎神所屬的神兵神將。

「獬豸！」盛華俏正要跑上前查看，卻被神兵阻攔下來。

「束手就擒回天庭發落吧！」二郎神收起慧眼說：「當年祢靈體未滅便不該在人間逗留，人間早就不是我們該待之地。」

獬豸搖搖擺擺地站起來：「照祢所說，神界就該是我的去處嗎？」

「正是。」

此時一道聲音從遠處傳來：「那妖界呢？」

黑色霧氣瀰漫一方，妖界通道已然開啟，隱隱約約的旗幟飄揚在深處，正是「聞」字旗再現！

一名手持木杖的西裝男子徒步搶先通過隊伍而來，牠俊俏的臉龐透著一抹笑容：「妖界歡迎祢，獬豸。」牠轉頭看見盛華俏也笑著說：「貴客到來我卻遲迎了，真是抱歉。」

「這是神界之事。」二郎神不客氣地說：「你們妖界可管不著！」

「那在妖界大門前，祢神界之人更該退回，還是祢要以武來論斷？」

「也可！」二郎神神槍迴旋而起，雙手握柄往聞凌君突刺而來！

聞凌君木杖輕點槍身，瞬息之間再點向二郎神，反應不及的二郎神連忙側身躲避，此時聞凌君已奪過三間兩刃神槍，仔細端詳一番後丟回給二郎神。

「今日獬豸應我邀約來此做客，麻煩二郎神回去稟告我宰輔之名。」

二郎神表情僵硬，不發一語轉身就走，帶領著神兵神將往尾牆方向而去。

「沒事了。」聞凌君笑著說：「只是獬豸啊！來妖界吧。」

「這……」獬豸並未拒絕：「今日多謝。」

「想一想吧！我總不能每天都邀請你們來妖界吧！」

「所以你早就知道祂們要抓走獬豸了？」盛華俏說。

「在當年我就知道有這麼一天，上古神獸怎麼能跟一位凡人搭在一塊呢？」

「為什麼不行？」盛華俏反駁：「二十五年來我們不是過得好好的？」

「那只不過是神界不想傷及無辜罷了，你們這事兒聽說都不知道多少神祇上告天庭了，還不是被祢們那保生擋著。」

「老祖……？」

「我就是看不慣你們神啊！」聞凌君轉身而去：「隨時恭候！」

當盛華俏從床上醒來，時間已經接近中午，他盥洗完畢後來到正殿，今日廟門不知道是誰開的？

他天眼一開，二郎神坐在保生大帝身旁，不悅地看著他。

「為何獬豸就該回神界？」盛華俏問。

二郎神說：「沒有為什麼，祂本就不該在此，何況是在你體內。」

「那祂以前在其他地方時，祢們幹嘛不抓？」

「祂是上古神獸。」

「難道現在不是嗎？」

「你可知在你出生那天，祂在泉鹿山做了什麼事？祂耗盡千萬年功行與泉鹿山體一同泯滅！」

盛華俏感到訝異地問：「什麼意思？」

「凡間早就已經不適合神修行了，看看如今的凡間變成什麼樣了？」二郎神搖搖頭：「講了你也不懂。」

「簡單來講。」保生大帝說：「當年獬豸是我救回的，也是因為許多因緣巧合下才有這個機會，包括盛華俏你承受了祂。」

「那為什麼是現在？」

「因為獬豸的靈體已經完好如初，雖然功力已經大不如前。」

「是這樣嗎？獬豸。」盛華俏在心中吶喊著。

「盛華俏，你應該勸祂回到神界。」

「我……」

盛華俏回到禪房裡，他心想既然保生大帝都說祢已經完好如初了，為何祢還躲在我體內呢？獬豸出現在眼前，盛華俏說：「祢出來了。」

「嗯。」

「保生大帝所言是事實嗎？」

「祂說的沒錯。」獬豸說：「當年靠著重明與火光二獸，才將我四散的靈體重新聚集在你的體內。」

「祂們犧牲自己？」

「對，我悲痛不已，甚至想再度泯滅於泉鹿山下。」

「祢為什麼要這麼做？」

「我在凡間修行千萬年，如今卻落得無處可去的下場，誰不悲憤？幾千年來無數的神紛紛往神界而去，我獨留至此是因為我愛這一片土地啊！」

盛華俏聽獬豸這麼講，內心也十分地感傷：「我想，我懂祢的感受。」他又說：「但是如今祢沒有選擇了不是嗎？難不成要去妖界？」

「就這麼離去我無法接受。」獬豸說：「去妖界若能多些機會與這片土地相處，我自然願意。」

盛華俏此時靈光一閃：「我有個主意！」

盛華俏再度來正殿，二郎神尚未離去，祂正與黑虎將軍互相乾瞪眼，可見祂若是沒帶獬豸回天庭是不會罷休的。

「我想以凡人之姿向神界抗告！」

保生大帝與二郎神面面相覷，保生大帝說：「抗告什麼？」

「上古神獸在我體內待了二十五年，依靠我的肉體修復祂的靈體，如今功成卻想就此離去，我二十五年歲月一心一意奉獻於老祖廟東礁宮，神界眾神自命為神，卻草菅我凡人盛華俏，我……」

「停停！」保生大帝急忙地說：「所以你的要求是什麼？」

「我先試問，我這麼講是否合乎情理？」

「的確以整個事件過程看來，你是最為無辜。」二郎神說。

「那我就此自殺，到地府抗告，事情會鬧得更大嗎？」

「別！」二郎神神色緊繃地說：「算你厲害，我幫你回天庭上奏，你有何條件？」

「條件嘛……」盛華俏奸詐地笑著：「就看你們神界是否願意看得起我這凡人的一絲繫絆了。」

保生大帝不免也笑了出來。

於是……

時光飛快，距離尾牆煉油廠停工只剩下一天的時間了，早在近年煉油廠便逐步削減產能，各個燃燒塔也一一熄火，準備迎接這一天的到來！

這一天盛華俏在王瑞芳家裡忙著迎接明日的到來，尾牆內到處張燈結彩、準備鞭炮歡慶。

歡慶這二十五年來，最值得的日子。

尾牆人盼了二十五年，人生是有多少個二十五年！

王瑞芳已經好幾日輾轉難眠，她的內心激動萬分，能活著見證這一刻的到來，是多麼幸運？當年參與尾牆抗爭的人早就有一大半歸天而去了。

而當年曾在尾牆煉油廠門口衝鋒陷陣的尾牆宋江陣再度集結時，雖然已經剩下寥寥無幾的幾個人，但他們仍不忘帶上那過往同袍曾經拿在手上一同拚搏的武器。

李春花早就一手持著江義傑的頭旗、另一手拿著齊眉棒來到老祖廟裡，不得不說艾瑞克李把這次停工活動辦得十分熱鬧盛大，他稱之為「二十五年的等待，我們歡慶二十五天大會」。

盛華俏在王瑞芳家裡忙完後立即來到老祖廟裡，老祖廟是當年抗爭的精神象徵自然也不能馬虎，許多志工正忙著打掃內外，廟前廣場正加緊鑼鼓的搭設舞台，他趕緊把握時間將神像一一請下來進行清理、更換神衣神帽。

可惜自己已經好一陣子沒跟老祖和其他眾神明見面聊天了，畢竟天眼已經無法打開。這時反而會想念起黑虎將軍呢！

過去一年來盛華俏已經開始在李春花的西服店裡當學徒，在他詢問老祖之下也獲得首肯，畢竟現今的老祖廟也不太需要一位會通靈的住持，再且他天眼也無法再開啟，當然這並不代表他將就此離去，他依舊住在老祖廟裡也仍然每天拜早鐘、關廟門，他只是想依照容瑜所說：「過著自己選擇的人生罷了。」

也許在未來，老祖廟會成為他第二個家。

終於到了，這一夜許多尾牆人徹夜難眠，盛華俏大清早將廟門打開時，門外坐著一群老人，李春花、王豐榮、王瑞芳、鄭富吉還有當年爬上燃燒塔的劉懷苓與楊念民等等，他們興高采烈地走進老祖廟裡參拜著，不論如何一定要先感謝老祖的保佑，經過多少風風雨雨的歲月終於等到這一天的到來。

今天他們不流淚，尾牆湛藍無暇的天空迎來他們最純樸的笑容。

但是盛華俏還有件事情要做。

「阿寧！起床了。」盛華俏來到王瑞芳家裡，敲著王家寧的房門喊著。

「再讓我睡一下啦，我昨天太晚睡了……」

「不行啦！十點就要正式停工了！」

「我想睡！」

「不起來我闖進去囉！」

王家寧馬上清醒過來，她大喊：「等等啦！我就要出來了。」她可不能讓盛華俏見到她穿著四角花內褲當睡衣的模樣……

這是王家寧回國後的第三天，與盛華俏的第一次見面。

「我昨天才從瑞姨那得知妳回來了。」盛華俏說。

「誰叫你都忙得不可開交，我又不好意思去找你。」

「哈哈，跟我去一個地方吧！」盛華俏拉著王家寧的手跑了起來：「都因為妳賴床啦！剩下二十分了。」

「要去哪啊？」

「泉鹿山上！」

「為什麼要去那裡？」

「我要去歡送我的一位好朋友！」

「好朋友？」

「我之後再跟妳講這個故事吧！」

「不會又是上次那一種惡鬼吧？」即使過了多年，王家寧仍然心有餘悸。

「不是，偷偷跟妳說，這個好朋友是個上古神獸！」

「神獸？感覺好酷！」

盛華俏與王家寧氣喘吁吁地來到泉鹿山上，一陣帶著花香的徐風吹來，盛華俏不禁露出微笑，相伴二十五年，祢的氣息我怎麼會不認得呢？

只是今日祢該回去了，那屬於祢的地方。

雖然看不到也聽不到祢，希望這些時日祢還滿意，相信祢去了不少地方吧！

十點一到，煉油廠最高的燃燒塔象徵性的熄火，即便在山上也聽得到尾牆人的歡呼聲、不絕於耳的鞭炮聲。

十點一到，盛華俏知道祂——獅爹已經離去。

「阿寧，妳這次不會離開尾牆了吧？」

「為什麼要離開？」

「如果妳還要離開，我只能跟著妳走了。」

「什麼啦！」王家寧害臊地說：「我才剛回來耶。」

「咦？妳聽。」

隱隱約約，盛華俏聽見一首歌在山裡迴盪，彷彿是獅爹留給這座山的祝福。

掉幾片葉到我們血管
長幾根草在我們肺裡
保生大帝已經捉到石化魔神
蟲兒鳥兒你們可以動身了呀
蟲兒鳥兒你們可以動身了呀

——生祥樂隊〈動身〉

後記

這部作品的靈感來自於後勁，也是我成長的地方。後勁曾經在一九八七年為始的反五輕運動轟動於一時，雖然在那個年代我尚未出生，但我的外公外婆以及左鄰右舍的長輩們，都是曾經參與其中的一份子。還記得以前每當他們提起這一段歷史時，臉上充滿的是驕傲，卻又難免留下惆悵之情，畢竟一切都還是進行式，屬於後勁人的二十五年限還沒到來。

《塵香了事》裡的故事結構許多都以後勁為模型。在故事背景裡，尾牆就是後勁、泉鹿山即是半屏山，當然後勁也有一條後勁溪，有看過齊柏林導演所拍攝的《看見台灣》便會對一條被污染成褐色的溪流有印象，但後勁居民早已見怪不怪。

讓我想寫《塵香了事》的起因，是在後勁反五輕二十五周年（二〇一五）時，所舉辦的跨年晚會活動裡，生祥樂隊所演唱的一首歌，也是我在這部作品作為結尾的〈動身〉，小小遺憾的是，當時我身在軍中，並未在現場聆聽，而是藉由網路上的影片去參與這屬於後勁的盛事。

有興趣的您，也可以去點開影片來聆聽，您會發現，舞台上後方左右兩側架起的武器，就是後勁宋江陣的武器，而在舞台正後方是神桌與香案桌，上頭供奉著幾尊戴著官帽的神明，其中就有後勁的境主神明，保生大帝。

保生大帝是《塵香了事》之中奇幻的主軸，在起寫這部小說的初始階段，我寫下老祖是身為後勁人對祂的一份敬意，爾後我卻也深入在自己的這一份奇想之中，充滿暢快！

《塵香了事》的未竟之處還很多，環保議題一直是我們在面對的挑戰，我也儘量讓自己不著墨太多，因為顯得沉重，但我想我還是沒有拿捏得恰到好處，我想表達之意也或許未過於明白，如果有人能夠看完我的作品，而開始對環保議題產生一點興趣，那我想跟您說一聲謝謝。

黑色的雨水是真的，生活中的空氣總是帶著油味也是真的，我也親眼經歷過爆炸，在那深夜裡照亮天空的一片橙黃，讓人感到的是恐懼。

這是我第一本出版的作品，對我別具意義。

謝謝秀威給我出版這部作品的機會，謝謝編輯的不吝指教與幫助。

《塵香了事》也是一部奇幻小說，希望您有看得過癮！

寄抒

二〇一九年三月

釀奇幻35　PG2256

塵香了事

作　　者　寄　抒
責任編輯　陳慈蓉
圖文排版　林宛榆
封面設計　蔡瑋筠

出版策劃　釀出版
製作發行　秀威資訊科技股份有限公司
114 台北市內湖區瑞光路76巷65號1樓
電話：+886-2-2796-3638　傳真：+886-2-2796-1377
服務信箱：service@showwe.com.tw
http://www.showwe.com.tw
郵政劃撥　19563868　戶名：秀威資訊科技股份有限公司
展售門市　國家書店【松江門市】
104 台北市中山區松江路209號1樓
電話：+886-2-2518-0207　傳真：+886-2-2518-0778
網路訂購　秀威網路書店：https://store.showwe.tw
國家網路書店：https://www.govbooks.com.tw
法律顧問　毛國樑　律師
總 經 銷　聯合發行股份有限公司
231新北市新店區寶橋路235巷6弄6號4F
電話：+886-2-2917-8022　傳真：+886-2-2915-6275

出版日期　2019年7月　BOD一版
定　　價　280元

Printed in Taiwan

國家圖書館出版品預行編目

塵香了事 / 寄抒著. -- 一版. -- 臺北市 : 釀出版,
2019.07
面； 公分. -- (釀奇幻 ; 35)
BOD版
ISBN 978-986-445-335-1(平裝)

863.57 108008009

讀者回函卡

感謝您購買本書，為提升服務品質，請填妥以下資料，將讀者回函卡直接寄回或傳真本公司，收到您的寶貴意見後，我們會收藏記錄及檢討，謝謝！
如您需要了解本公司最新出版書目、購書優惠或企劃活動，歡迎您上網查詢或下載相關資料：http:// www.showwe.com.tw

您購買的書名：______________________________

出生日期：________年________月________日

學歷：□高中（含）以下　□大專　□研究所（含）以上

職業：□製造業　□金融業　□資訊業　□軍警　□傳播業　□自由業
□服務業　□公務員　□教職　□學生　□家管　□其它_____

購書地點：□網路書店　□實體書店　□書展　□郵購　□贈閱　□其他

您從何得知本書的消息？

□網路書店　□實體書店　□網路搜尋　□電子報　□書訊　□雜誌
□傳播媒體　□親友推薦　□網站推薦　□部落格　□其他__________

您對本書的評價：（請填代號　1.非常滿意　2.滿意　3.尚可　4.再改進）

封面設計____　版面編排____　內容____　文／譯筆____　價格____

讀完書後您覺得：

□很有收穫　□有收穫　□收穫不多　□沒收穫

對我們的建議：______________________________

____

____

____

請貼
郵票

11466
台北市內湖區瑞光路 76 巷 65 號 1 樓
秀威資訊科技股份有限公司 收
BOD 數位出版事業部

....
（請沿線對折寄回，謝謝！）

姓　名：＿＿＿＿＿＿＿＿　年齡：＿＿＿＿　性別：□女　□男

郵遞區號：□□□□□

地　址：＿＿＿＿＿＿＿＿＿＿＿＿＿＿＿＿＿＿

聯絡電話：(日)＿＿＿＿＿＿＿＿（夜）＿＿＿＿＿＿＿＿

E-mail：＿＿＿＿＿＿＿＿＿＿＿＿＿＿＿＿＿＿